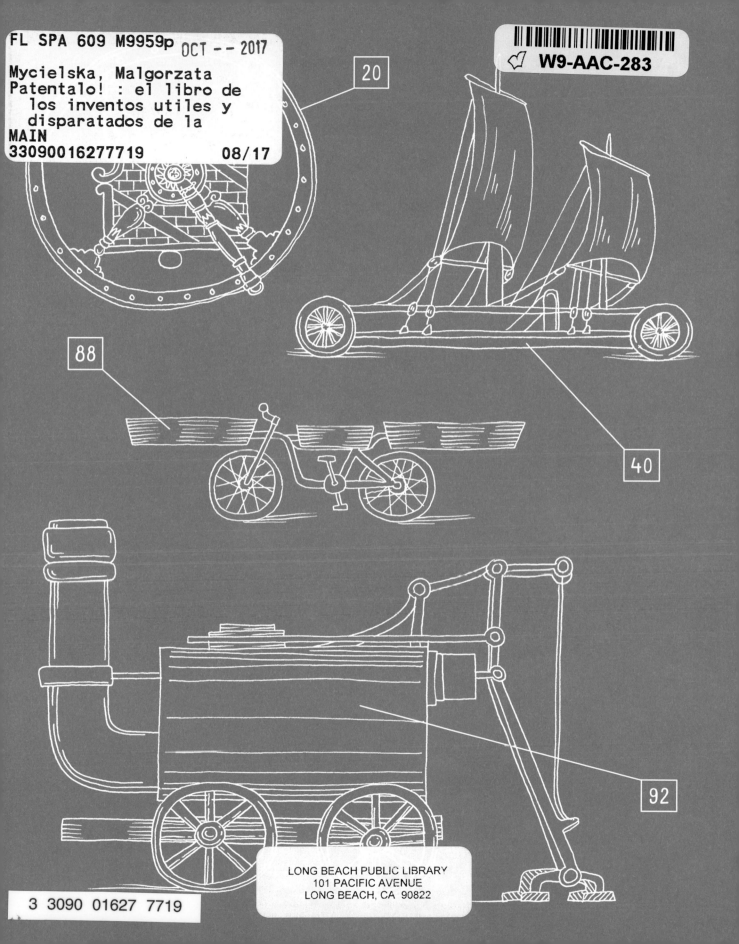

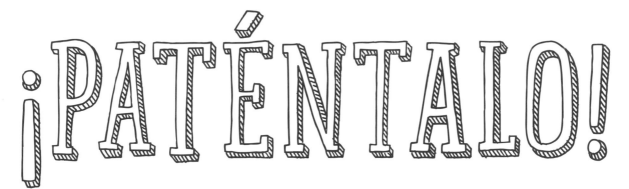

¡PATÉNTALO!

EL LIBRO DE LOS INVENTOS ÚTILES Y DISPARATADOS EN LA HISTORIA

Małgorzata Mycielska
Aleksandra Mizielińska y Daniel Mizieliński

Ediciones Ekaré

¿Para qué sirven los inventos?

Los inventos nacen de un sueño o de una necesidad. Hay quienes sueñan con algo y hacen lo imposible para convertirlo en realidad. O bien, no les gusta hacer alguna actividad e inventan soluciones para facilitar el trabajo. Los humanos suelen ingeniar cosas de todo tipo. Y es que, ¡cualquiera puede intentarlo!
Eso sí, inventar no es cosa de perezosos.

Los inventores auténticos tienen fantasía sin límite y quizá algo estupendo surja de su esfuerzo: puede que sea el primer aeroplano o el exprimidor de naranjas. Para ser un inventor no hay que tener miedo de que los demás piensen que nuestras ideas son tontas y que no valen nada. ¡Que inventen ellos sus propias máquinas!

Cierto es que a veces el invento no sale, pero ¿acaso no vale la pena intentarlo y divertirse a lo grande experimentando la alegría de crear por nuestra cuenta? Cuanto más probemos, más posibilidades de éxito tendremos, y quien no lo intenta, seguro que no inventa nada. Equivocarse antes de hacerlo bien es lo normal. Incluso un genio como Leonardo da Vinci, hace 500 años, diseñó un montón de artefactos: un automóvil, un helicóptero, un paracaídas, un submarino, un ascensor, un telescopio, un caballero-robot, unos zapatos para caminar sobre el agua, etc. Algunos se fabricaron durante su vida. Muchos no pudo construirlos porque aún no se conocían los materiales adecuados para

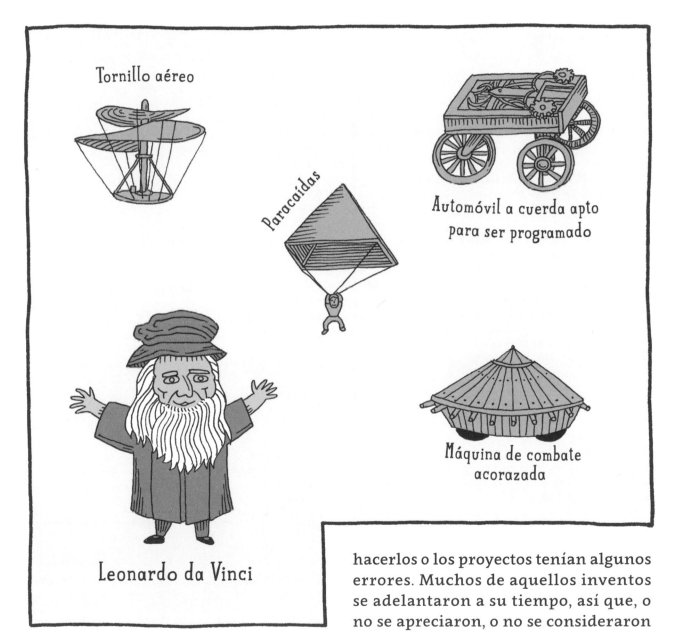

Tornillo aéreo

Paracaídas

Automóvil a cuerda apto para ser programado

Máquina de combate acorazada

Leonardo da Vinci

hacerlos o los proyectos tenían algunos errores. Muchos de aquellos inventos se adelantaron a su tiempo, así que, o no se apreciaron, o no se consideraron útiles, por lo que a nadie (quizá con la excepción del propio inventor) le interesó construirlos. Quizá a Leonardo se le consideró un loco. Sin embargo, hoy

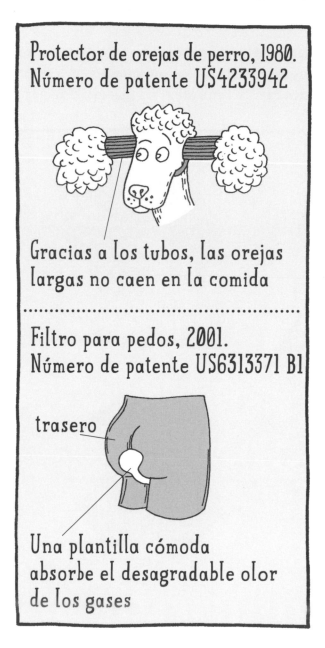

Protector de orejas de perro, 1980.
Número de patente US4233942

Gracias a los tubos, las orejas largas no caen en la comida

Filtro para pedos, 2001.
Número de patente US6313371 B1

trasero

Una plantilla cómoda absorbe el desagradable olor de los gases

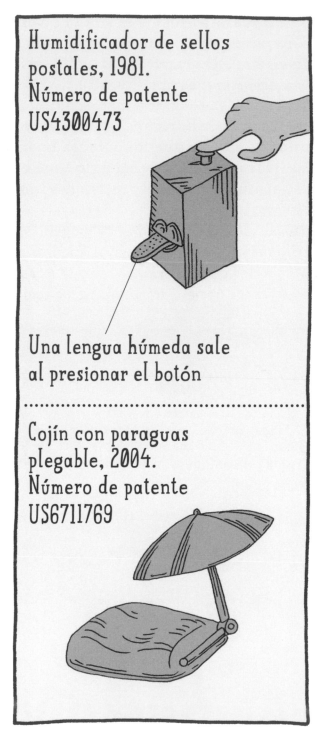

Humidificador de sellos postales, 1981.
Número de patente US4300473

Una lengua húmeda sale al presionar el botón

Cojín con paraguas plegable, 2004.
Número de patente US6711769

nadie tiene dudas de la inmensa deuda que la Humanidad tiene con él. ¿Qué habría pasado si se hubiese rendido antes de empezar?

Este libro recoge historias de muchos otros valientes. Pueden causar admiración o gracia, porque sus ideas son a veces geniales y otras solo divertidas. Pero por más disparatado que parezca un inventor, está lleno de creatividad, pasión y tenacidad. ¡Qué mundo aburrido sería este sin personas así!

¿Podrás tú, que lees esto, inventar algo? Si así fuese, corre a una oficina de patentes, antes de que alguien se robe tu idea: allí hay personas que registran los inventos. Y estos tampoco tienen que ser revolucionarios (no importa si se trata de un juguete mecánico o de una raqueta espacial...). Solo tienen que ser originales, funcionales y aptos para ser producidos. Si es así, el inventor obtiene una patente, es decir, el derecho de utilizar en exclusiva su invento durante un tiempo determinado (en España, Colombia y Chile, por 20 años; en Estados Unidos, por 14...). El autor puede fabricarlo, venderlo o cederlo a otros. Al expirar este plazo de protección, la idea puede ser utilizada por cualquiera. Así es como progresa la técnica respetando los derechos de los creadores.

Célula fotoeléctrica de la Antigüedad SIGLO I

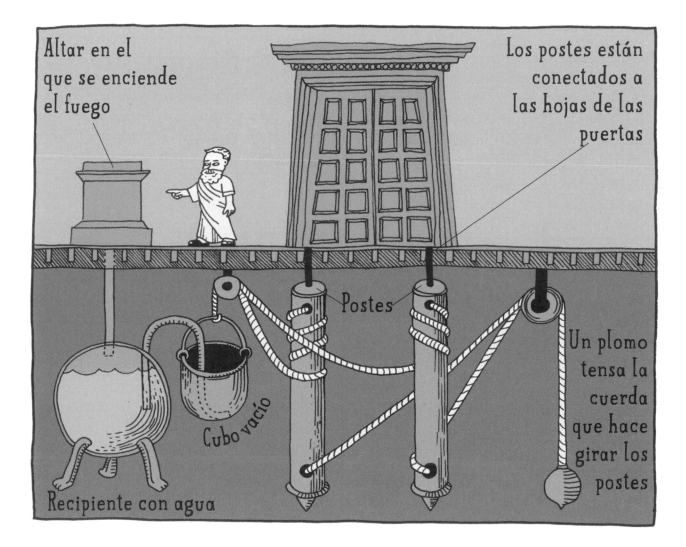

Altar en el que se enciende el fuego

Los postes están conectados a las hojas de las puertas

Postes

Un plomo tensa la cuerda que hace girar los postes

Cubo vacío

Recipiente con agua

Unas puertas que se abren solas hoy no asombran a nadie; las hay en tiendas y oficinas, en estaciones y aeropuertos. Y no se nos ocurre pensar que es producto de fuerzas sobrenaturales. Ya se sabe: es una célula fotoeléctrica. Pero hace dos mil años, las puertas que se abrían solas fascinaban y aterrorizaban. La gente podía creer que los aposentos del templo los abría una divinidad convocada por el sacerdote. Y sin embargo, ese mecanismo antiguo fue inventado, y luego descrito, por Herón de Alejandría, matemático, físico, inventor y constructor griego. Apenas un cubo con agua, dos postes y unos metros de cuerda: ese era el gran misterio del antiguo sacerdote y la divinidad-conserje.

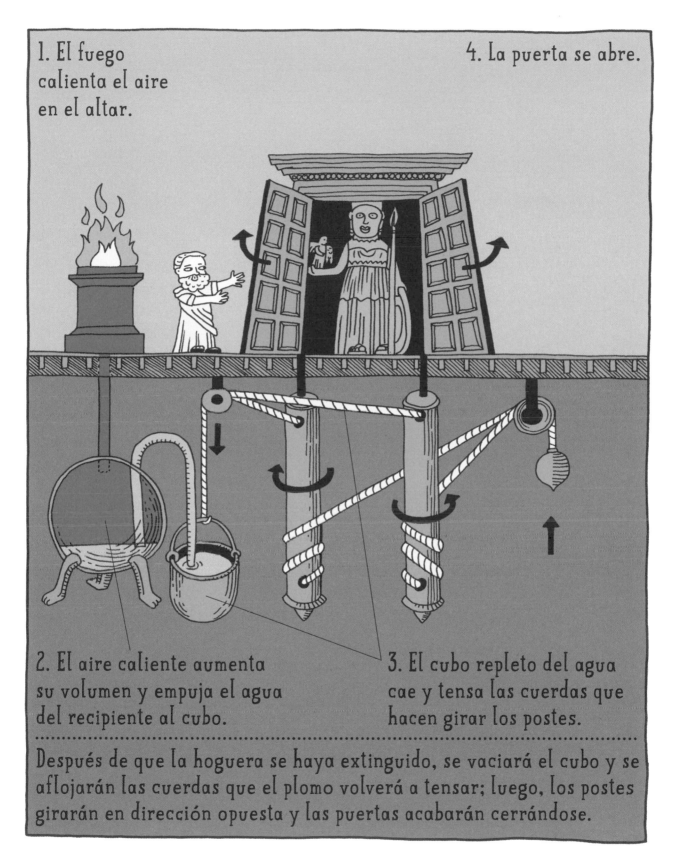

1. El fuego calienta el aire en el altar.

4. La puerta se abre.

2. El aire caliente aumenta su volumen y empuja el agua del recipiente al cubo.

3. El cubo repleto del agua cae y tensa las cuerdas que hacen girar los postes.

Después de que la hoguera se haya extinguido, se vaciará el cubo y se aflojarán las cuerdas que el plomo volverá a tensar; luego, los postes girarán en dirección opuesta y las puertas acabarán cerrándose.

Dragón tripulado

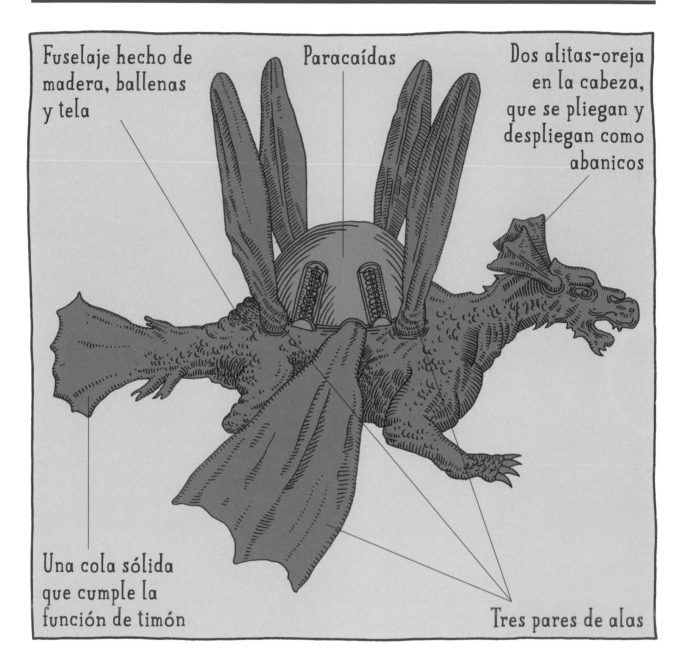

Fuselaje hecho de madera, ballenas y tela

Paracaídas

Dos alitas-oreja en la cabeza, que se pliegan y despliegan como abanicos

Una cola sólida que cumple la función de timón

Tres pares de alas

Hace muchísmo tiempo, en una mañana helada de febrero, sobre el palacio real de Varsovia, apareció un dragón. No, no se trata de un cuento. El dragón era real, solo que... mecánico. Tenía 1,5 metros de largo (quizá poco para un dragón) y una propulsión que se generaba a través de ruedas, palancas y muelles.

Fue construido por Titus Livius Boratini, arquitecto italiano e inventor afincado en Polonia. El dragón era un prototipo de una máquina voladora más grande y más compleja, sobre la cual Boratini estaba trabajando. El vuelo de prueba fue organizado para el rey polaco Władysława IV Waza con el fin de entusiasmarlo

El paracaídas se abre gracias a unos muelles

Dos pilotos activan una manivela para poner en marcha el mecanismo que mueve las alas

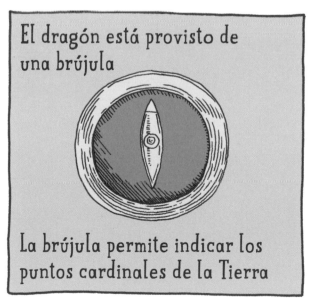

El dragón está provisto de una brújula

La brújula permite indicar los puntos cardinales de la Tierra

y conseguir del tesoro real la cantidad (¡nada desdeñable!) de 500 ducados para llevarla a cabo. En la exhibición se usó un mecanismo de propulsión provisional y con un gato como único pasajero, y fue exitosa. Sin embargo, durante el segundo vuelo algo salió mal y el dragón cayó desde gran altura. Pero el constructor no se desanimó y siguió trabajando en su invento. La versión final nunca pudo materializarse. De todas maneras, de haberse construido, no hubiera podido despegar con el peso de tres personas, como planificó Boratini.

14

15

SMS de burbujas

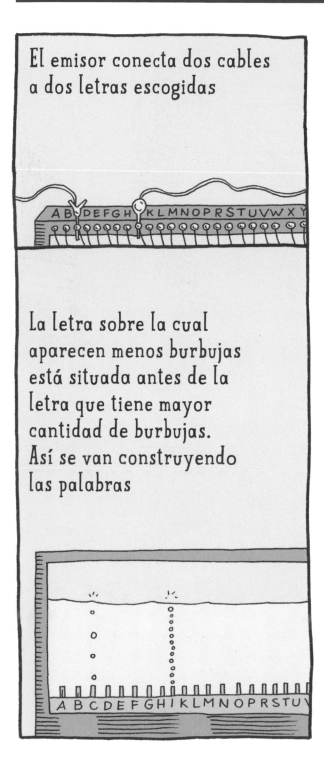

El emisor conecta dos cables a dos letras escogidas

A B C D E F G H I K L M N O P R S T U V W X Y

La letra sobre la cual aparecen menos burbujas está situada antes de la letra que tiene mayor cantidad de burbujas. Así se van construyendo las palabras

A B C D E F G H I K L M N O P R S T U V

La lectura de los mensajes enviados gracias a este artilugio recuerda las prácticas de la brujería. El receptor del mensaje clava su vista en un bol lleno de burbujas y anota las señales misteriosas que aparecen en él. Pero esto no ocurre en el estudio de un brujo, sino en una oficina de correos a principios del siglo XIX. Se trata de un invento de Samuel

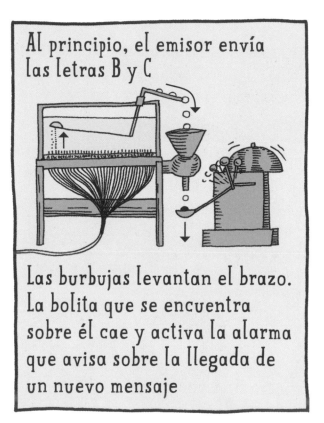

Al principio, el emisor envía las letras B y C

Las burbujas levantan el brazo. La bolita que se encuentra sobre él cae y activa la alarma que avisa sobre la llegada de un nuevo mensaje

Sömmering, físico y médico procedente de Toruń, entonces una ciudad alemana y ahora polaca. Hace 200 años inventó uno de los primeros métodos, y con se-

Pila

Estación emisora

La corriente fluye a través del cable que corresponde a una determinada letra o cifra hasta el recipiente que está situado cerca del receptor. Al final de los cables aparecen burbujas de aire

Las estaciones emisora y receptora están conectadas por 35 cables. Cada uno corresponde a un signo: una letra o una cifra

Sistema de aviso de nuevos mensajes

Las puntas de los cables en la estación receptora están sumergidas en un recipiente con un electrolito, es decir, un líquido especial que conduce la corriente eléctrica

Estación receptora

guridad, el más raro, de comunicación a distancia: el telégrafo electroquímico. Sin embargo, el invento no logró ser reconocido. Para empezar, no resultaba eficaz cuando la estación emisora y la receptora estaban situadas a demasiada distancia. Segundo, la lectura de los mensajes ocupaba demasiado tiempo.

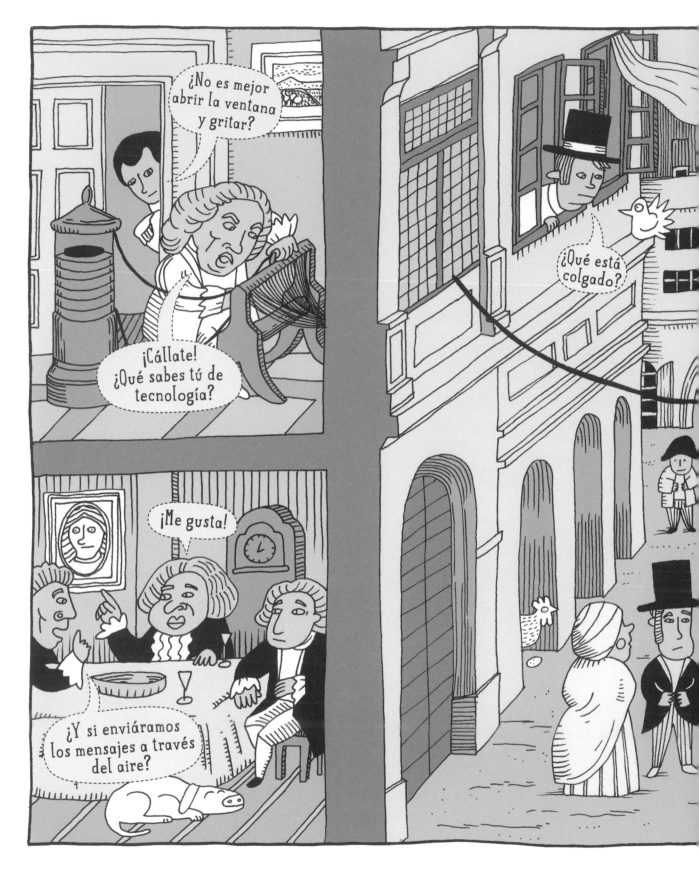

Noria viajera

Una mezcla entre noria y rueda gigante para hamsters: ¿qué puede ser? Ni más ni menos que un vehículo del emperador Maximiliano I de Habsburgo, que hace vehículo con ruedas impulsado por la fuerza de los músculos humanos. El impresionante invento que con toda seguridad despertó la admiración y el te-

Maximiliano soñaba con grandes desfiles que contaran con la presencia de vehículos extraños. Lamentablemente, no podía permitirse una verdadera comparsa. Por eso, para mejorar su humor, le encomendaba a Dürer la elaboración de grabados que representaran sus carreras soñadas.

500 años gobernaba media Europa, viajaba a menudo, y parece que se aburría en su carruaje de caballos. Inventó, pues, una manera propia de desplazarse: un mor de sus súbditos, tenía un problema: no era nada práctico. Y quizá fue por eso que no tuvo éxito. Ni siquiera sabemos si realmente llegó a construirse. Solo se

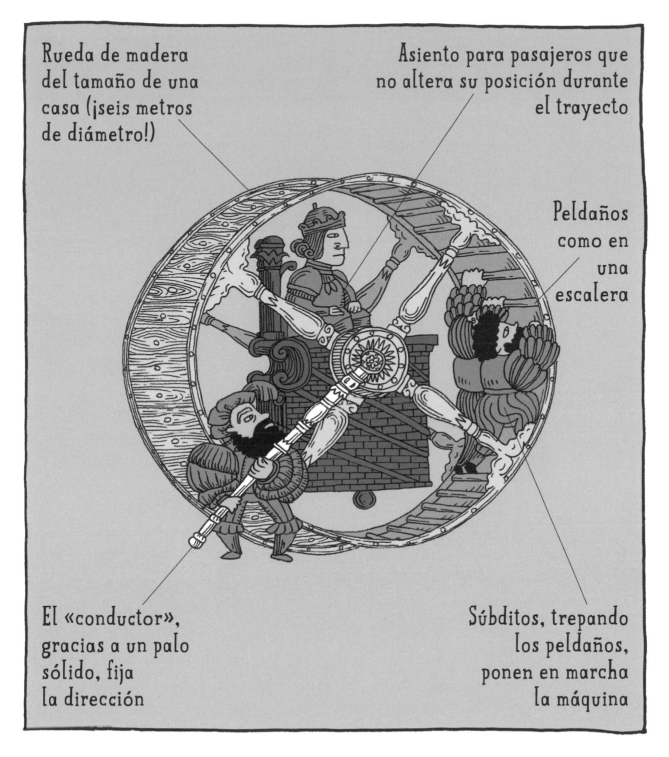

Rueda de madera del tamaño de una casa (¡seis metros de diámetro!)

Asiento para pasajeros que no altera su posición durante el trayecto

Peldaños como en una escalera

El «conductor», gracias a un palo sólido, fija la dirección

Súbditos, trepando los peldaños, ponen en marcha la máquina

conoce a través de un dibujo realizado por el destacado artista Albrecht Dürer. Y, quizá está bien así: da miedo imaginar semejante vehículo en una autopista actual: la madre sentada en el sillón, el padre conduciendo y los niños jugando en la escalerita como hamsters. Eso sí, ¡nadie se aburriría durante el viaje!

Ajedrecista mecánico

Las máquinas que juegan al ajedrez no son ninguna novedad. De hecho, Deep Blue, la computadora creada por IBM, que a finales del siglo XX ganó al campeón mundial Gari Kasparov, tuvo su precedente en el siglo XVIII. Era un artefacto llamado Turco-ajedrecista que gozó de gran popularidad en la Europa de entonces. Su creador, el constructor y filósofo Wolfgang von Kempelen, lo exhibió por primera vez en la corte de María Teresa, archiduquesa de Austria y reina de Bohemia y Hungría. Y desde el primer momento fue aclamado como el mayor inventor del reino. Kempelen, y luego sus sucesores, exhibían al Turco-ajedrecista

Gracias a una caja de música incorporada, el Turco podía decir «¡JAQUE!»

La caja, que aparentemente controla el mecanismo, en realidad es solo una tapadera

La manivela, en realidad, no da cuerda a nada

Una pequeña rueda con cifras posibilita la comunicación con un ajedrecista escondido por toda Europa como un autómata inteligente. Todos los fanáticos del ajedrez (incluido Napoleón Bonaparte) querían jugar contra él, porque se consideraba

seis. Aparentaba ser un invento perfecto. Pero no sabía pensar por sí mismo: los maestros de ajedrez, generosamente remunerados, no revelaban cómo funcio-

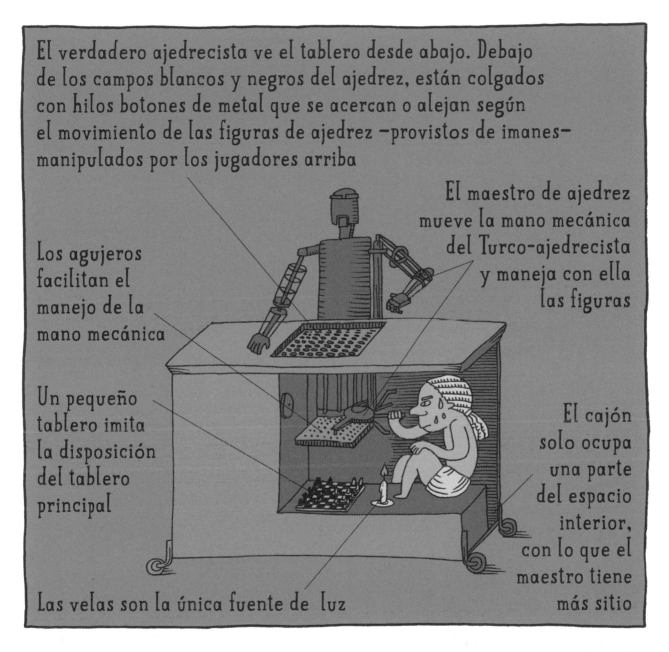

El verdadero ajedrecista ve el tablero desde abajo. Debajo de los campos blancos y negros del ajedrez, están colgados con hilos botones de metal que se acercan o alejan según el movimiento de las figuras de ajedrez —provistos de imanes— manipulados por los jugadores arriba

El maestro de ajedrez mueve la mano mecánica del Turco-ajedrecista y maneja con ella las figuras

Los agujeros facilitan el manejo de la mano mecánica

Un pequeño tablero imita la disposición del tablero principal

El cajón solo ocupa una parte del espacio interior, con lo que el maestro tiene más sitio

Las velas son la única fuente de luz

invencible. Se presentaban a competir y casi siempre perdían de manera catastrófica. De las trescientas partidas descritas, el Turco-ajedrecista solo perdió

naba realmente la genial máquina. Sin embargo, finalmente, la verdad salió a la luz. En 1834 la estafa fue descubierta por una revista francesa.

25

27

Pájaro de pasajeros

Hace más de 300 años, el rey portugués Juan V recibió una correspondencia extraordinariamente interesante del científico Bartolomeu de Gusmão, que acababa de llegar de Brasil. La carta contenía una descripción y un boceto de una máquina voladora llamada Passarola. El científico pedía al rey financiación para su construcción y la concesión de unos

Globo de papel

Una llama calienta el aire dentro del globo

Antes de que Bartolomeu de Gusmão comenzara sus trabajos sobre la nave aérea, preparó una exhibición para el rey. Esto permite sospechar que la Passarola pudo haber sido el primer globo aéreo de aire caliente

privilegios que, para aquel siglo XVIII, podrían considerarse iguales a una patente. El remitente pretendía a toda costa guardar el asunto en absoluto secreto. Tal vez por eso no revelara en su carta todos los detalles y por esta razón nunca se han llegado a conocer. El monarca portugués accedió sin dudarlo ni un momento. No

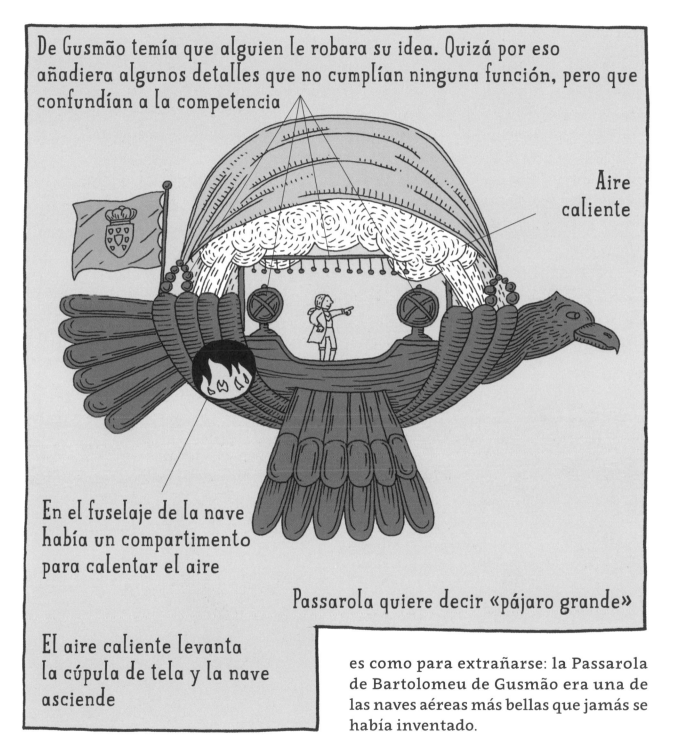

De Gusmão temía que alguien le robara su idea. Quizá por eso añadiera algunos detalles que no cumplían ninguna función, pero que confundían a la competencia

Aire caliente

En el fuselaje de la nave había un compartimento para calentar el aire

Passarola quiere decir «pájaro grande»

El aire caliente levanta la cúpula de tela y la nave asciende

es como para extrañarse: la Passarola de Bartolomeu de Gusmão era una de las naves aéreas más bellas que jamás se había inventado.

Máquina de nubes

¿Quién podría necesitar un aparato para enturbiar el agua? Pues quizá sea útil: debido a la polución del medioambiente, la capa de ozono que protege la Tierra de la radiación solar es cada vez más fina y el sol calienta el planeta mucho más. Eso contribuye a que se derritan los glaciares, que se eleve el nivel del mar y, en general, que el clima vaya cambiando. Las nubes son para la Tierra como una sombrilla de playa para un bañista. Sin embargo, no siempre aparecen en el cielo. La idea para remediarlo corresponde a Karolina Sobecka, una artista de origen polaco que

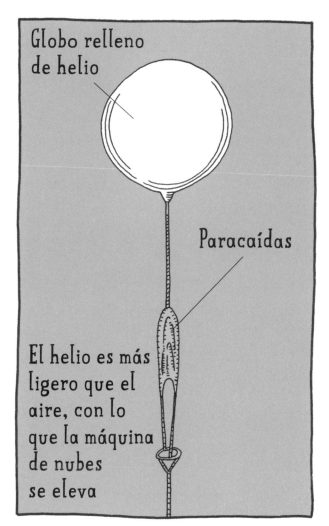

Globo relleno de helio

Paracaídas

El helio es más ligero que el aire, con lo que la máquina de nubes se eleva

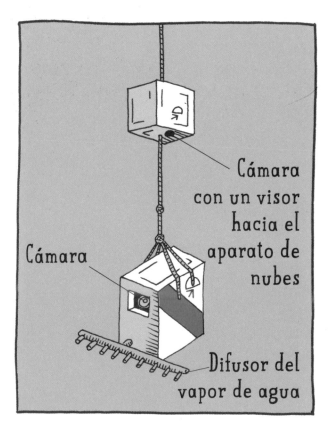

Cámara

Cámara con un visor hacia el aparato de nubes

Difusor del vapor de agua

vive en Estados Unidos. Ha diseñado un aparato personal de fabricación de nubes. Gracias a este invento, todos aquellos que se preocupan por la Tierra podrían aliviarla con una nubecita un día caluroso. Pero para fabricar los sólidos protectores de la Tierra, los cirros, los cúmulos y los estratos, la artista todavía tiene que perfeccionar un poco su invento.

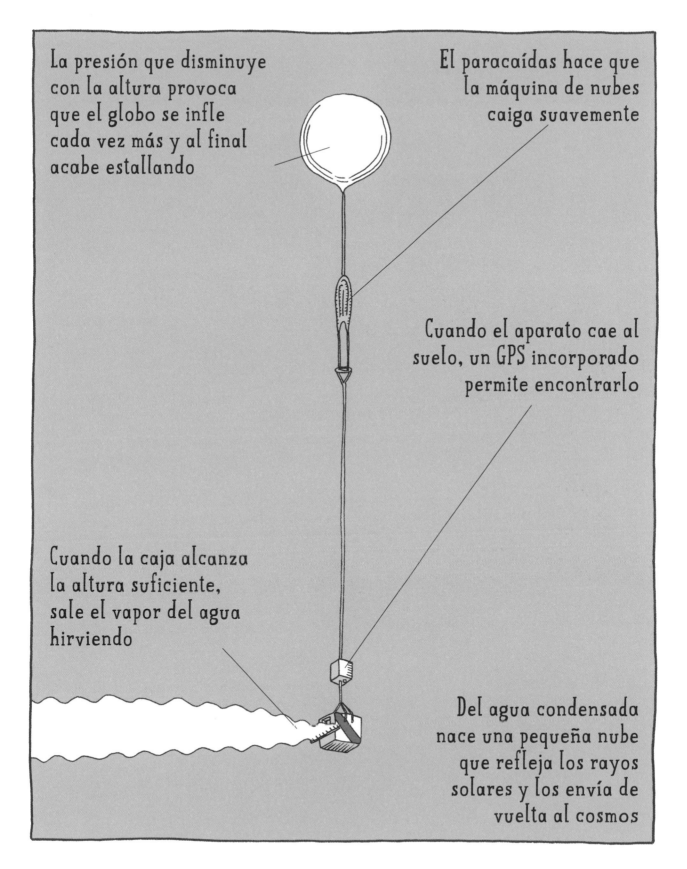

La presión que disminuye con la altura provoca que el globo se infle cada vez más y al final acabe estallando

El paracaídas hace que la máquina de nubes caiga suavemente

Cuando el aparato cae al suelo, un GPS incorporado permite encontrarlo

Cuando la caja alcanza la altura suficiente, sale el vapor del agua hirviendo

Del agua condensada nace una pequeña nube que refleja los rayos solares y los envía de vuelta al cosmos

Reloj de agua

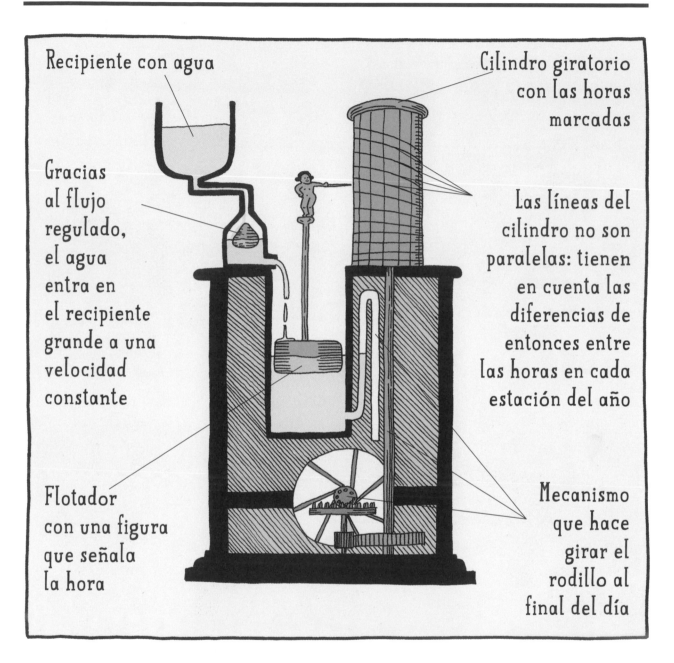

Recipiente con agua

Cilindro giratorio con las horas marcadas

Gracias al flujo regulado, el agua entra en el recipiente grande a una velocidad constante

Las líneas del cilindro no son paralelas: tienen en cuenta las diferencias de entonces entre las horas en cada estación del año

Flotador con una figura que señala la hora

Mecanismo que hace girar el rodillo al final del día

Dicen que el tiempo fluye. Como el agua. Y quizá no sea una casualidad, porque ya en la Antigüedad se usaban los relojes de agua, o sea, aparatos que medían el tiempo mediante el flujo regulado de un líquido. Solo que esos relojes no eran demasiado precisos porque no se conseguía que el agua fluyera de manera uniforme.

Hasta que entró en escena Ctesibio, un inventor griego que vivía en Alejandría hace 2300 años. Construyó un reloj hidráulico que funcionaba de manera muy precisa. La invención del Ctesibio fue perfeccionada más tarde con diversos «efectos especiales». Un flotador que subía ponía en marcha mecanismos y las

El recipiente pequeño está siempre lleno, pero nunca derrama el agua, gracias al flotador que se mantiene en la superficie

Cuando el nivel del agua sube, el flotador cierra el tubo. Vuelve a destaparlo cuando una parte del agua baja al recipiente grande

Cuando el recipiente grande está lleno, el agua se vierte a través de un tubo doblado

Varias ruedas dentadas trasladan el movimiento de la pala al giro del cilindro

El agua cae sobre la pala y hace girar la rueda

figuras se movían o emitían algún sonido. Resultó muy popular, por ejemplo, un reloj de agua con un pajarito que cantaba: un claro antecesor del reloj cucú.

Velero terrestre

Al principio del siglo XVII, en una playa del mar del Norte, en el territorio de lo que hoy es Holanda, uno podía dar una vuelta en un yate terrestre, es decir, en una mezcla entre velero y carro. Lo construyó, a petición del príncipe Mauricio de Orange, el ingeniero y matemático flamenco Simon Stevin, uno de los científicos más geniales de aquellos tiempos.

Era el primer vehículo terrestre de la historia propulsado por las fuerzas de la naturaleza (el viento) y no arrastrado por caballos. Además, se desplazaba a una velocidad de vértigo para aquella época, a 50 kilómetros por hora, casi tres veces más rápido que una diligencia.

El primer ensayo fue fallido: el velero terrestre volcó debido a una fuerte ráfaga

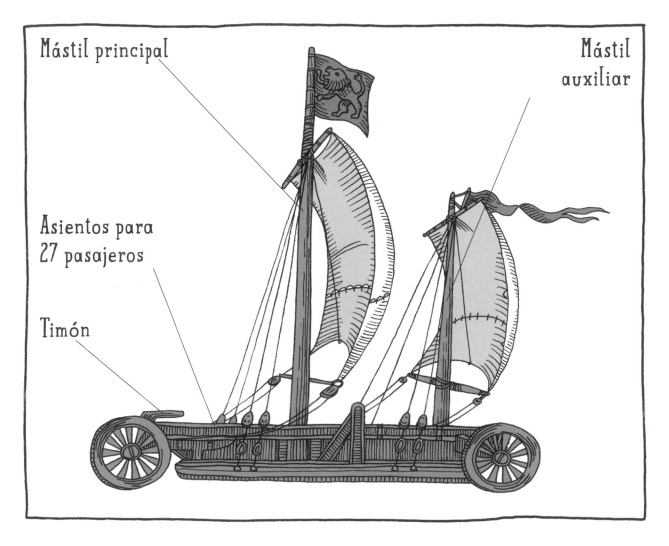

Mástil principal

Mástil auxiliar

Asientos para 27 pasajeros

Timón

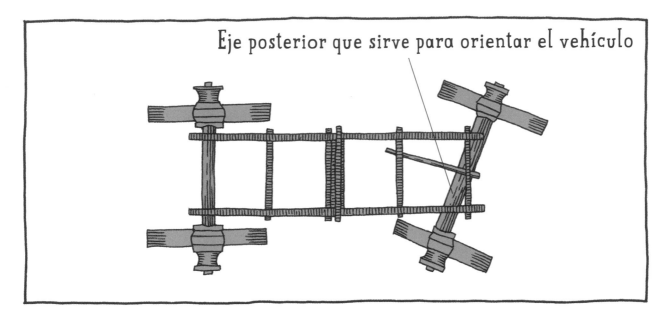

Eje posterior que sirve para orientar el vehículo

de aire. Por ello, el constructor aumentó el lastre, es decir, puso más carga, con el fin de asegurar un mayor equilibrio del carro. Después de esta pequeña mejora, pusieron en marcha una ruta regular con este vehículo entre dos pueblos costeros. Un trayecto del viaje suponía alrededor de dos horas.

Los veleros de tierra actuales pueden ir a una velocidad que roza los 200 km/h

Hoy los vehículos llamados *veleros de tierra* –que recuerdan su prototipo, aunque sean más pequeños– son utilizados en una disciplina deportiva llamada *landsailing*.

41

Electricidad sin cables

¿Un genio o un loco? La disputa de quién era realmente Nikola Tesla sigue vigente. Este inventor serbio, que desarrolló su trabajo entre los siglos XIX y XX principalmente en Estados Unidos, patentó hasta 125 inventos y afirmaba que había contactado con extraterrestres. Su invención más extraordinaria y misteriosa fue su idea sobre la energía libre. Tesla decía que

sabía cómo cargar el planeta con corriente eléctrica que podría ser utilizada gratis en todas partes. Sin enchufes ni cables, directo de la tierra. Hasta hoy en día no se sabe muy bien de qué iba realmente todo aquello, y parece que los apuntes del inventor desaparecieron después de su muerte... El transmisor que construyó fue probado dos veces en presencia de tes-

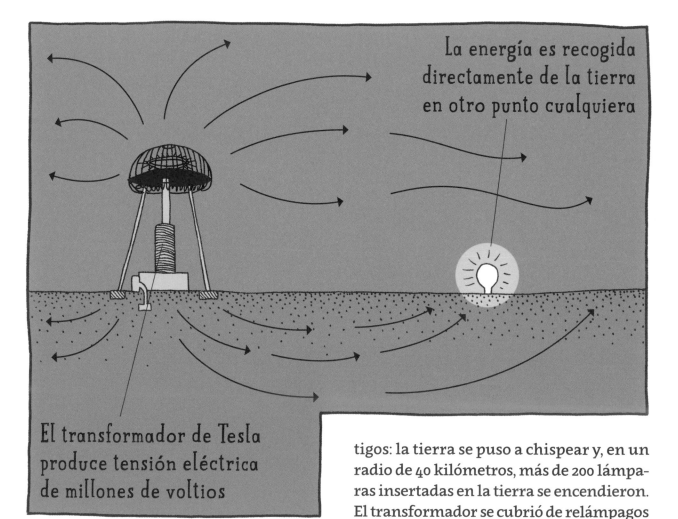

La energía es recogida directamente de la tierra en otro punto cualquiera

El transformador de Tesla produce tensión eléctrica de millones de voltios

tigos: la tierra se puso a chispear y, en un radio de 40 kilómetros, más de 200 lámparas insertadas en la tierra se encendieron. El transformador se cubrió de relámpagos

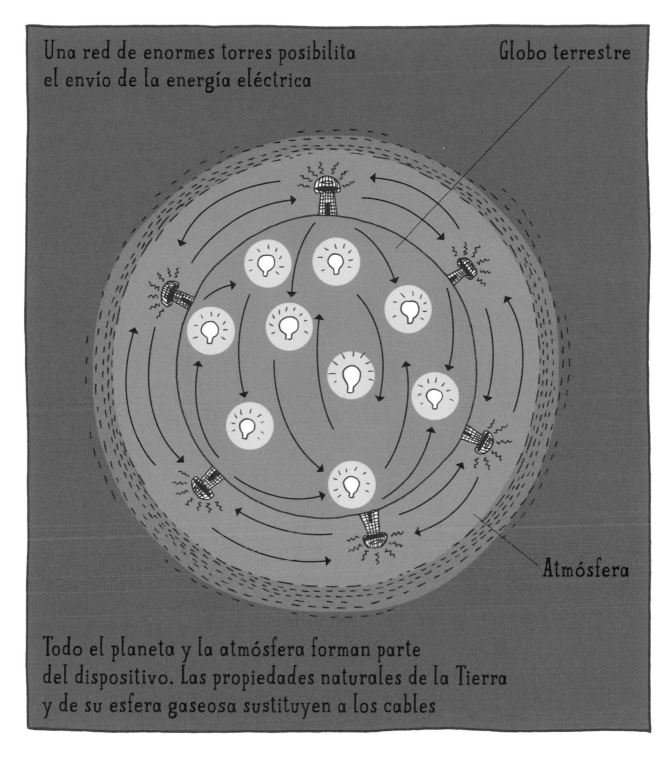

Una red de enormes torres posibilita el envío de la energía eléctrica

Globo terrestre

Atmósfera

Todo el planeta y la atmósfera forman parte del dispositivo. Las propiedades naturales de la Tierra y de su esfera gaseosa sustituyen a los cables

y el estruendo que lo acompañó se oyó en un pueblo a 20 kilómetros de distancia. Al final de su vida, Tesla fue declarado loco y le prohibieron seguir investigando. Murió en la pobreza. O, tal vez –como sugieren algunos–, se lanzó a un viaje en su último gran invento, la máquina del tiempo.

Caballo de vapor

La cabina fue diseñada de tal manera que el maquinista pudiera manejar el vehículo con comodidad y, a la vez, cumplir con las obligaciones propias de un revisor y cobrar el trayecto

Gracias a un farol pequeño, colocado delante, el vehículo era visible de noche

Enganche para el vagón de pasajeros

En el siglo XIX, junto a los ómnibus, antecesores de los autobuses, arrastrados por caballos, aparecieron vehículos similares, aunque con propulsión a vapor. Más rápidos y baratos, pero molestaban a algunos porque el vapor que expulsaban espantaba a los caballos e irritaba a los perros. Las damas más sensibles desfallecían al verlos y se creía que los niños asustados enfermaban de varias dolencias. ¡Se llegó a decir que por esas máquinas infernales

cualquier caso, la solución del problema la propuso el inventor estadounidense Sebra R. Mathewson: ideó un vehículo a vapor con aspecto de carro de ca-

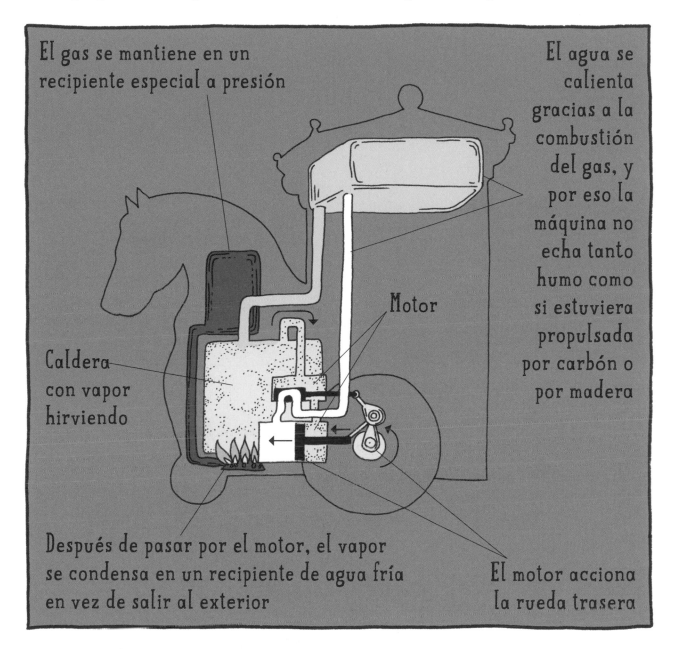

El gas se mantiene en un recipiente especial a presión

El agua se calienta gracias a la combustión del gas, y por eso la máquina no echa tanto humo como si estuviera propulsada por carbón o por madera

Motor

Caldera con vapor hirviendo

Después de pasar por el motor, el vapor se condensa en un recipiente de agua fría en vez de salir al exterior

El motor acciona la rueda trasera

las vacas no daban leche y las gallinas no ponían! Pero quienes iban –o, mejor dicho, se desplazaban– al ritmo de su época, no se dejaban impresionar. En

ballos. El caballo de vapor se integraba sin generar aquellos problemas en una ciudad del siglo XIX. Hoy podría formar parte de un… parque de atracciones.

50

Bicicleta de correr

Para correr con un Fliz hay que sujetarse al cuadro con unos cinturones rígidos

Volante   Freno

Una incisión triangular en el cuadro sirve como soporte para los pies

El equipo está hecho de un material ligero y resistente

Un cuadro, dos ruedas y un volante: así es un «Fliz». El vehículo recuerda a una bicicleta, aunque no te puedes montar en ella ni pedalear, sino correr... Lo construyeron los alemanes Tom Hambrock y Juri Spetter. Se inspiraron en un invento de su compatriota Karl Drais.
Hace casi 200 años, Karl Drais inventó una «máquina de correr», un antiguo

LA «MÁQUINA DE CORRER» DEL AÑO 1817

La principal novedad era una herramienta giratoria que posibilita el manejo

EL FLIZ EN ACCIÓN

ancestro de la bicicleta. Tenía dos ruedas conectadas con un cuadro, un volante y un sillín. El ciclista la ponía en marcha al impulsarse corriendo y levantar las piernas del suelo rápidamente. El Fliz funciona de una manera parecida. ¡A buena velocidad, si se levantan las piernas, se tiene la sensación de ir volando!

Barco volador

Es sabido: el aire tiene peso. Un globo inflado cae porque pesa tanto como la goma de la que está fabricado más el aire de su interior. Para que vuele, hay que inflarlo con algo más ligero. Por ejemplo, con aire caliente, que tiene menor densidad y menor peso que el aire frío. O bien, con helio, un gas más ligero que el aire. De esta misma manera funcionan los globos de pasajeros. Solo que los primeros modelos de globos de aire caliente aparecieron a comienzos del siglo XVIII, mientras que el helio no fue descubierto hasta el siglo XIX. Francesco Lana de Terzi –matemático y físico italiano del siglo XVII– aún no conocía esas soluciones. Pero se las iba a arreglar para construir algo superligero y cumplir su sueño de hacer viajes aéreos. Se le acabaría ocurriendo la fantástica idea de un aerostato, es decir, un barco volador más ligero que el aire. ¡Muy bien! Pero, imposible de realizar: la lámina de cobre con la que el inventor quería construir las esferas nunca habría podido cumplir su función. En todo caso, aún hoy en día seguimos sin conocer el material que sería adecuado para construir las esferas gigantes: lo suficientemente hermético como para poder sacar de ellas todo el aire, lo suficientemente ligero como para que se levanten del suelo y, finalmente, lo suficientemente rígido para que la presión del aire del exterior no las aplaste.

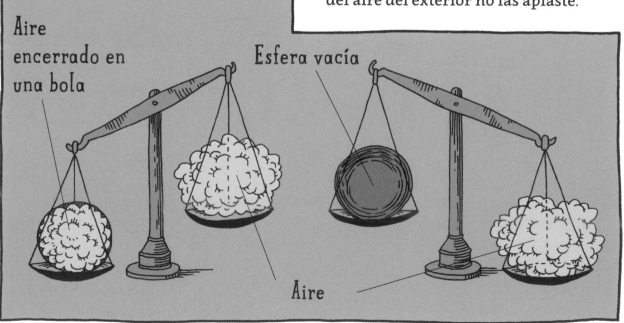

¿DE QUÉ MANERA RAZONABA FRANCESCO LANA DE TERZI?

Aire encerrado en una bola

Esfera vacía

Aire

Esferas construidas
con una lámina
de cobre muy fina

Barco
capaz de transportar
a seis pasajeros

Después de extraer todo el aire
de las esferas, y habiéndolas cerrado
de manera hermética, las esferas se vuelven
más ligeras que el aire y elevan el barco

Solo los humanos pueden querer convertir algo para nadar en algo para volar.

Casco aislante

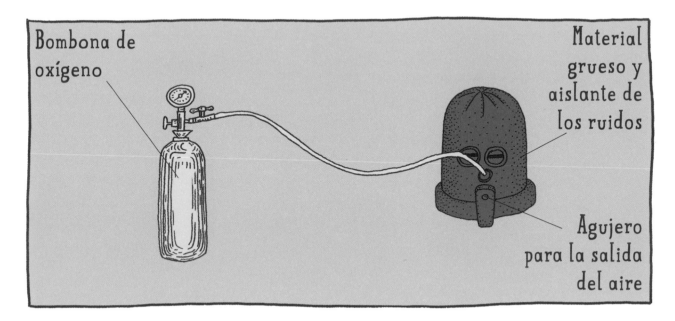

Bombona de oxígeno

Material grueso y aislante de los ruidos

Agujero para la salida del aire

El autor de ciencia ficción y constructor Hugo Gernsback era tremendamente creativo. Patentó más de ochenta inventos en Estados Unidos. Hoy, algunos de ellos parecen ridículos: por ejemplo, un aparato para estudiar durante el sueño o una máquina para contactar con seres extraterrestres.

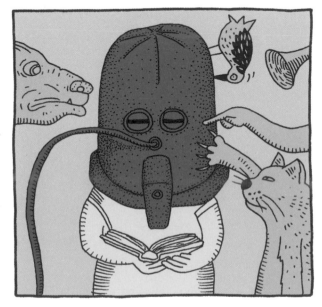

Se le ocurrían mil ideas al minuto. Tenía que concentrarse para describirlas todas. Inventó, entonces, el aislador: un casco que protege de todo lo que pueda la luz que se filtra a través de la ventana; todo tenía que desaparecer al ponerse uno el casco. Es muy probable que el artilugio jamás haya sido construido. Solo

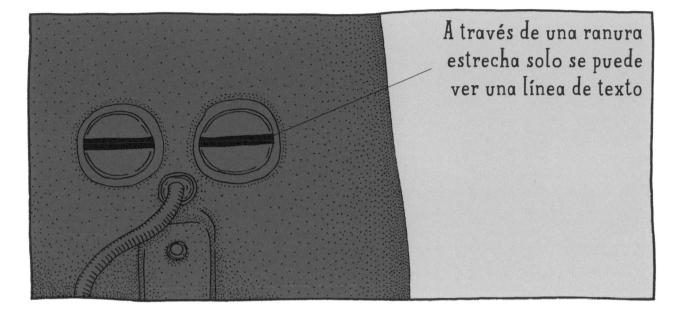

A través de una ranura estrecha solo se puede ver una línea de texto

distraer la atención de una persona que está leyendo o escribiendo. El ruido de la calle, un timbre, el ladrido de un perro, el olor de la comida que viene de la cocina, lo conocemos por las ilustraciones de una revista que se publicaba por aquel entonces, *Science and Invention*, que describía invenciones y descubrimientos.

Jaskółka: un todoterreno

PRIMEROS INTENTOS

Esta rueda se queda inmóvil gracias a tres pequeñas ruedas que giran

A finales del siglo XIX se conducía por caminos no asfaltados y con grandes baches. Además, la red de vías terrestres no era muy extensa. A veces, para llegar a algún lugar, el viajero tenía que «tragarse» unas horribles sacudidas. El ingeniero polaco Stanisław Barycki se empeñó en que él sí se trasladaría con toda comodidad y sin limitaciones. Trabajó con persistencia sobre el primer todoterreno de la historia. El vehículo –llamado «Jaskółką» (golondrina, en polaco)– estaba destinado a pasar sobre todo tipo de obstáculos, incluso si se recorrían vías intransitables. Presentó su hallazgo en una exposición deportiva en Berlín en 1883. Pero el principal problema consistió en que el inventor no fue capaz de idear una propulsión adecuada para

PASEO FALLIDO CON UNA VELA

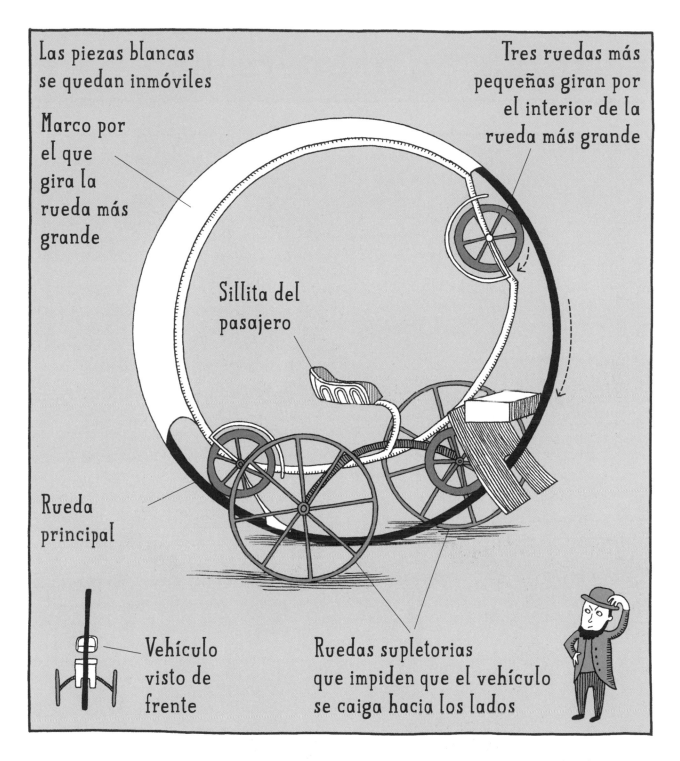

Las piezas blancas se quedan inmóviles

Marco por el que gira la rueda más grande

Tres ruedas más pequeñas giran por el interior de la rueda más grande

Sillita del pasajero

Rueda principal

Vehículo visto de frente

Ruedas supletorias que impiden que el vehículo se caiga hacia los lados

su «golondrina». Intentó utilizar pedales y hasta una vela, siempre sin éxito. Gastó toda su fortuna en experimentos, y, a pesar de ello, nunca logró terminar su trabajo. Su todoterreno arrastrado por un caballo fue registrado como prototipo en un semanario que aparecía en Polonia por aquel entonces: *Tygodnik Ilustrowany*.

66

Rueda verde

«Hacer *jogging* es muy sano, solo que da pena malgastar toda la energía que se genera al correr», debió de pensar el joven diseñador libanés Nadim Inaty al observar a los corredores en el paseo marítimo de Beirut. Hasta que se las arregló para convertir el esfuerzo de una persona corriendo en la electricidad imprescindi-

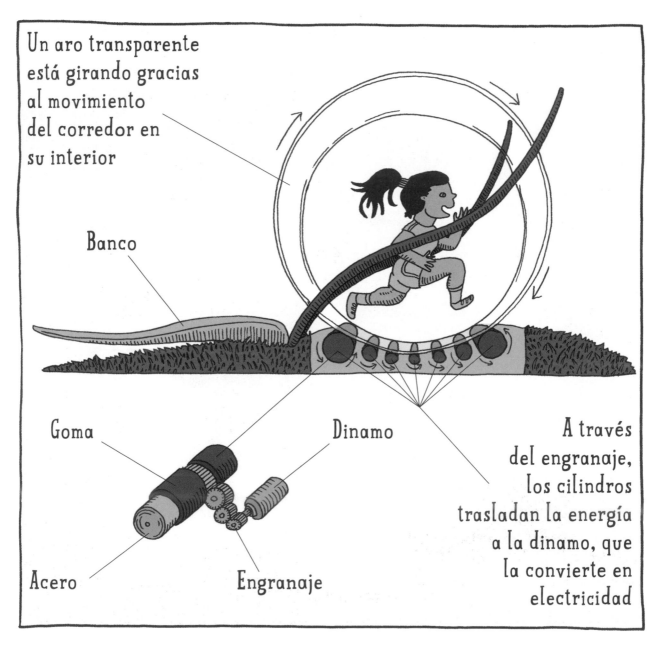

Un aro transparente está girando gracias al movimiento del corredor en su interior

Banco

Goma

Dinamo

Acero

Engranaje

A través del engranaje, los cilindros trasladan la energía a la dinamo, que la convierte en electricidad

ble para abastecer diversos dispositivos. Así nació la llamada «rueda verde».

Inaty calculó que un esfuerzo de 30 minutos bastaría para generar la corriente necesaria para abastecer un tubo fluorescente durante 5 horas, un ordenador portátil durante 2 horas o para cargar un móvil 12 veces. Y si se juntara la energía creada por unas quince ruedas, se podría abastecer con ella las farolas urbanas o a la señalización luminosa.

Lo más importante es que al producir la electricidad de esta manera no se contamina el medioambiente y ¡sale completamente gratis! ¿Y si fuera posible equipar los pasillos de las escuelas con semejantes dispositivos? ¿Cuánta energía se malgasta a diario durante los recreos escolares?

Las barras levantadas bloquean el aro, con lo que el corredor puede prepararse con seguridad

Durante el entrenamiento, las barras protegen de una caída del aro

Un aro en marcha puede ser detenido bajando las barras

71

Chaleco de pájaro

Dédalo e Ícaro, protagonistas del mito griego, tuvieron una idea que revolucionó la humanidad. Los dos valientes volaron con alas hechas por ellos mismos. Incluso hoy en día, de vez en cuando, alguien pretende repetir su hazaña. Entre los audaces está Reuben Jasper Spalding, de Estados Unidos. A finales del siglo XIX patentó un ornitóptero, es decir, una máquina voladora cuya única propulsión la constituían unas alas sujetas a los hombros. Era una versión perfeccionada del ornitóptero de Leonardo da Vinci, conocido por un esbozo suyo realizado 400 años antes.

Leonardo da Vinci

Las plumas pueden estar fabricadas de diversos materiales

Chaleco de cuero que se sujeta al cuerpo con cinturones

Gracias al muelle, solo hay que hacer el esfuerzo en el movimiento de descenso; hacia arriba las alas suben solas

En los dibujos, la máquina parecía prometedora. Sin embargo, era totalmente incapaz de ascender. Pesaba casi lo mismo que el propio piloto; ¡solo aguantar su peso ya suponía una hazaña! A pesar de ello, su inventor estaba completamente convencido de que al final conseguiría volar con su ornitóptero entre las nubes.

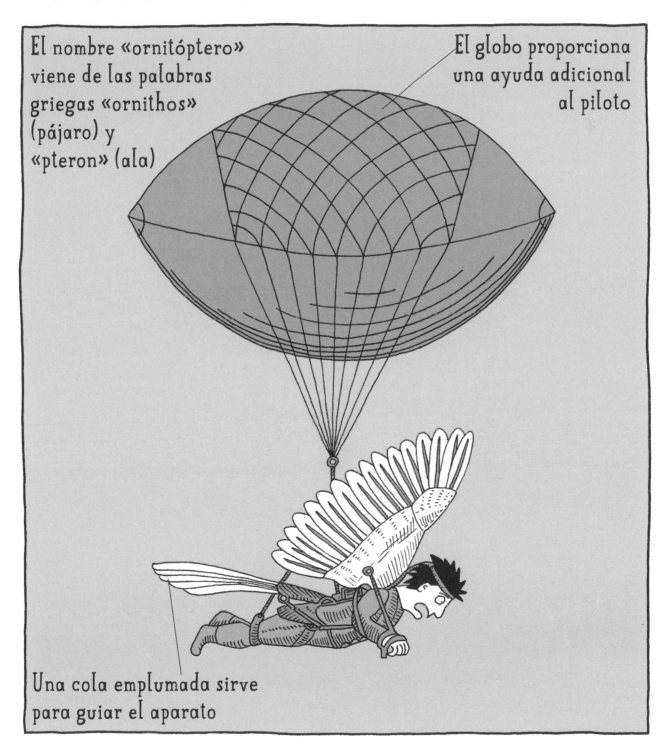

El nombre «ornitóptero» viene de las palabras griegas «ornithos» (pájaro) y «pteron» (ala)

El globo proporciona una ayuda adicional al piloto

Una cola emplumada sirve para guiar el aparato

Menos mal que aquí no hay mucha altura.
¡Buajajajajaja! ¡Este lo que quiere es volar!
Qué bonitas plumas. Podría hacerme un vestido así.
¡Soy médico!
Vuela igual que una piedra.

Relojes de fuego

¿Cómo se medía el tiempo antes de que se inventaran los relojes que hoy utilizamos? Desde hace más de 4500 años se han aprovechado para ello los fenómenos de la naturaleza: sombra proyectada por una aguja un día soleado (1), agua vertida en un recipiente (2) o arena que cambia de ubicación (3).

También se usaron los relojes de fuego, que comenzaron a aparecer en diferentes lugares del mundo hace 2000 años. Se hace difícil de determinar con precisión cuál fue construido por primera vez y, aún más, quién fue su inventor.

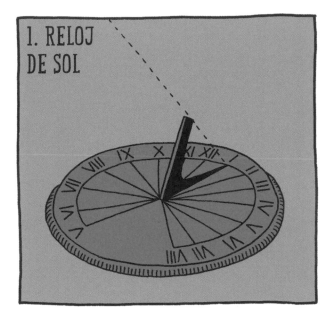

1. RELOJ DE SOL

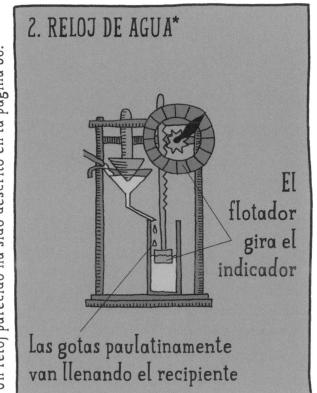

2. RELOJ DE AGUA*

El flotador gira el indicador

Las gotas paulatinamente van llenando el recipiente

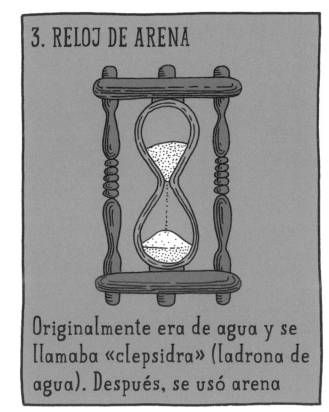

3. RELOJ DE ARENA

Originalmente era de agua y se llamaba «clepsidra» (ladrona de agua). Después, se usó arena

*Un reloj parecido ha sido descrito en la página 36.

VELA CON ESCALA

Cada parte de la vela corresponde a una determinada hora del día y las obligaciones relacionadas. Al parecer, Alfredo el Grande —un rey inglés del siglo IX— utilizaba un «reloj» semejante

Ciencia
Oración
Aprendizaje
Tareas reales
Oración
Descanso

VELA AROMÁTICA

Se trata de una idea de los antiguos chinos. Cuando se quema la cantidad suficiente de la mezcla, empieza a percibirse el olor a incienso

Mezcla de alquitrán y corteza molida

Capas de incienso

VELA CON DESPERTADOR

Cuando se quema la cantidad adecuada de cera o sebo, un trozo de metal insertado en la vela cae al platillo con un tintín

RELOJ DE MECHA

Masa inflamable

Bolitas de metal

El fuego quema poco a poco los hilos y las bolas colgadas de ellos van cayendo y producen un sonido. También se usó en China

RELOJ DE LÁMPARA DE ACEITE

Del siglo XV. El aceite se quema y, a medida que el nivel va bajando, va marcando el tiempo

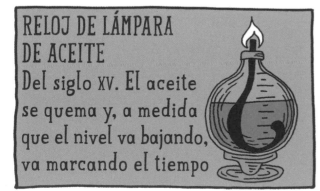

El funcionamiento de los relojes de fuego era muy sencillo. Sin embargo, costaban demasiado y eran muy incómodos (cada vez que uno se agotaba, hacía falta preparar otro), con lo que siempre se buscaron mejores cronómetros. Hoy podemos medir el tiempo de manera divertida con ayuda de una vela: es bien fácil hacerse un reloj así.

Auto volador

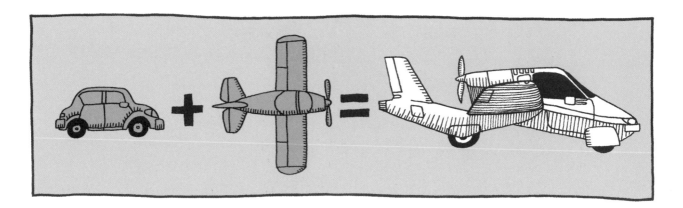

¡Por fin, el sueño de todos los inventores se ha cumplido! Aunque más que una máquina moderna parece un juguete gigante creado por un mecánico loco, se trata de una genialidad. Es Transition: la primera máquina con cuatro ruedas y dos alas con la que se puede ir por carretera y volar o, lo que es lo mismo, el primer coche volador híbrido.

El vehículo fue creado por científicos americanos: pilotos e ingenieros de la empresa Terrafugia. En 2009 fue admitido para el tránsito aéreo y en 2011, para la circulación vial.
Si despega desde el aeropuerto de Madrid, en España, con el depósito lleno con la gasolina más común, en unas tres horas Transition llegará a Barcelona,

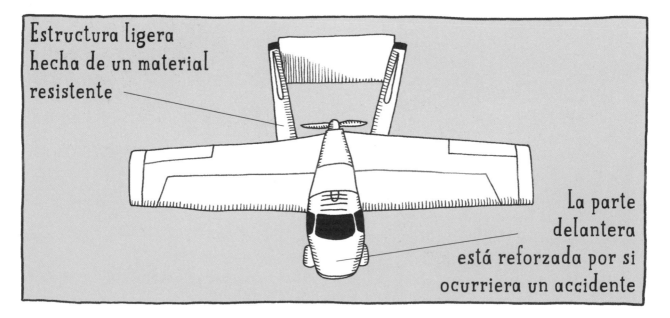

Estructura ligera hecha de un material resistente

La parte delantera está reforzada por si ocurriera un accidente

Un botón en el cuadro de mandos permite desplegar las alas en 30 segundos

En el interior hay asientos para dos personas

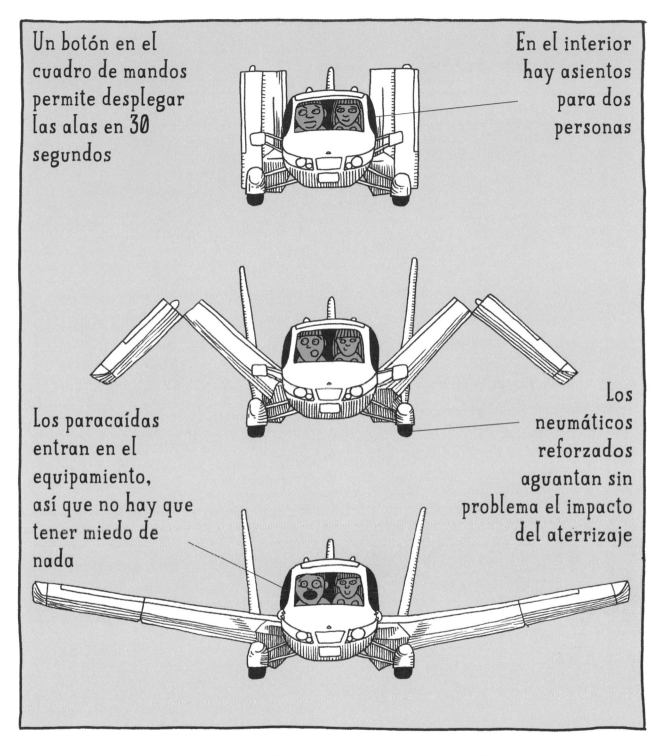

Los paracaídas entran en el equipamiento, así que no hay que tener miedo de nada

Los neumáticos reforzados aguantan sin problema el impacto del aterrizaje

volando a unos 185 kilómetros por hora. Entretanto, no tiene por qué aterrizar para nada. A menos que el piloto tenga hambre y quiera hacer una pausa para comer en su bar favorito de Zaragoza: entonces puede dejar la máquina en un estacionamiento, en el mismo centro de la ciudad.

Nube viajera

La nube está rellena de helio, un gas más ligero que el aire

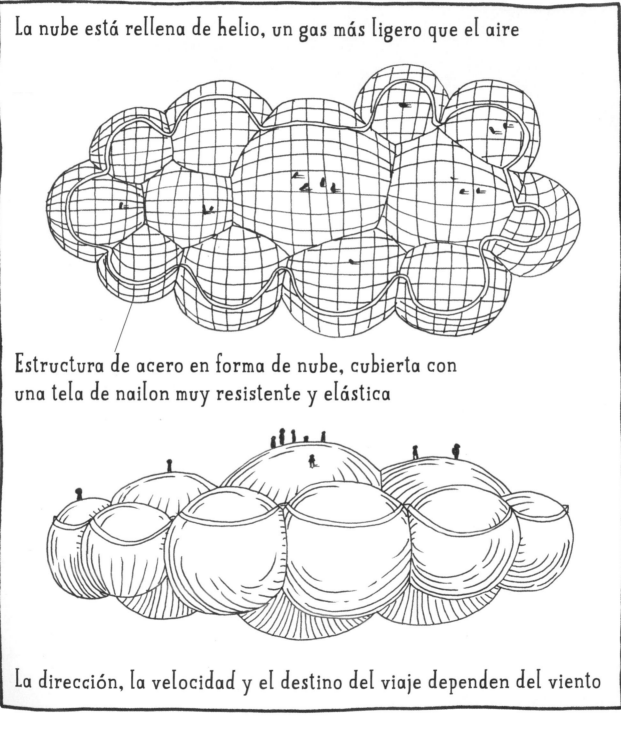

Estructura de acero en forma de nube, cubierta con
una tela de nailon muy resistente y elástica

La dirección, la velocidad y el destino del viaje dependen del viento

Viajar sobre una nube... Sin horarios, sin billete, y, sobre todo, sin destino final. Tan solo el viento, su dirección y su fuerza, decidirán el lugar de llegada y en cuánto tiempo... Al parecer, no solo los niños sueñan con viajar sobre una nube. Pero lo mejor es que ahora este sueño puede verse cumplido porque Tiago Barros, un joven arquitecto portugués afincado en Nueva York, tuvo una insólita idea. Inventó una nube apta para viajar sobre ella. Su idea aún no ha sido materializada, aunque parece posible realizarla. Para viajar sobre una nube, como equipo imprescindible habría que llevar trajes térmicos, máscaras y bombonas de oxígeno. Porque, a gran altura, las temperaturas son bajas y el aire es

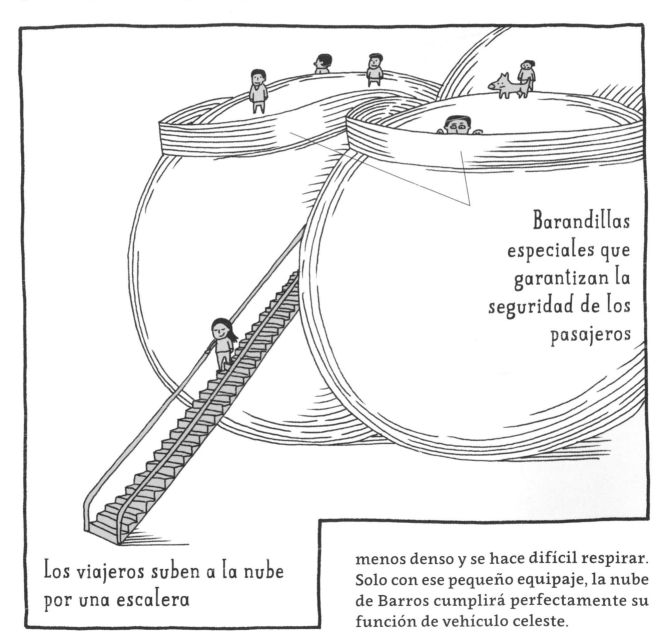

Barandillas especiales que garantizan la seguridad de los pasajeros

Los viajeros suben a la nube por una escalera

menos denso y se hace difícil respirar. Solo con ese pequeño equipaje, la nube de Barros cumplirá perfectamente su función de vehículo celeste.

Bicicleta voladora

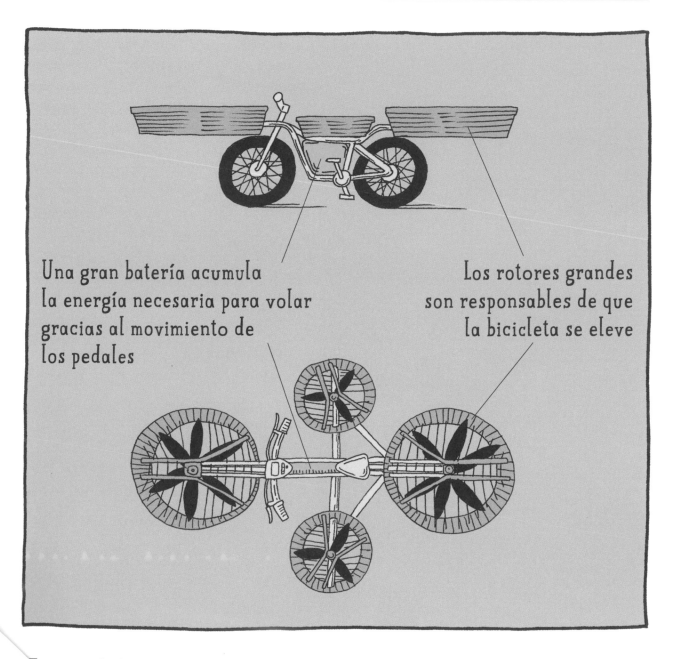

Una gran batería acumula la energía necesaria para volar gracias al movimiento de los pedales

Los rotores grandes son responsables de que la bicicleta se eleve

¿Es un tendedero de ropa llevado por un ciclista? ¿O tal vez la versión ecológica de una máquina sembradora? ¡No! Se trata de F-Bike, una bicicleta capaz de subir a los cielos. La construyeron siete diseñadores checos. Durante su primer vuelo de prueba, detrás del volante había un maniquí.

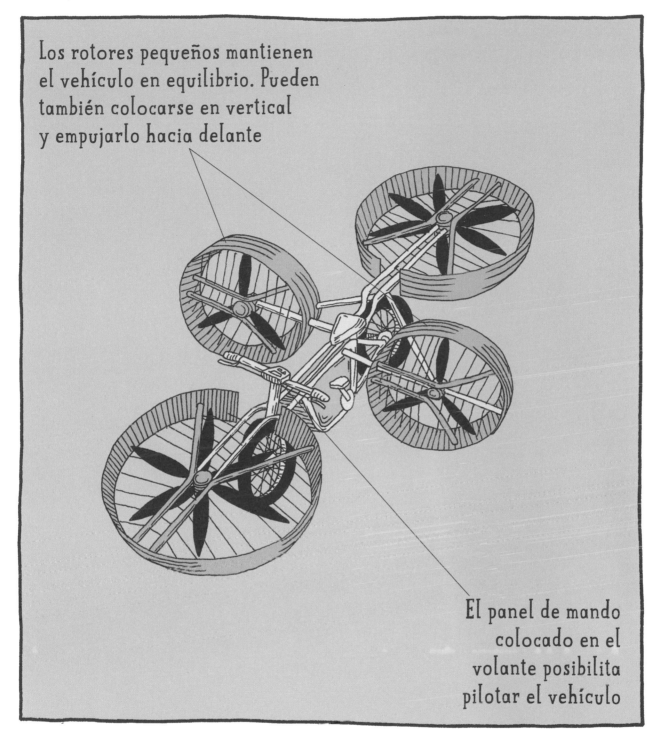

Los rotores pequeños mantienen el vehículo en equilibrio. Pueden también colocarse en vertical y empujarlo hacia delante

El panel de mando colocado en el volante posibilita pilotar el vehículo

Hay solo un pequeño problema con esta bicicleta voladora. Resulta que su batería solo es capaz de cubrir entre 3 y 5 minutos de vuelo, lo suficiente para sobrevolar una calle muy transitada o adelantar a varios coches en un atasco, ¿pero realmente compensa para ello usar una bici que tenga unos rotores así de enormes?

Locomotora andante

¿Una locomotora con patas? ¡Suena a chiste! Aunque no fue inventada para divertir, sino para sustituir al caballo, que, en el siglo XIX, todavía era la principal fuerza

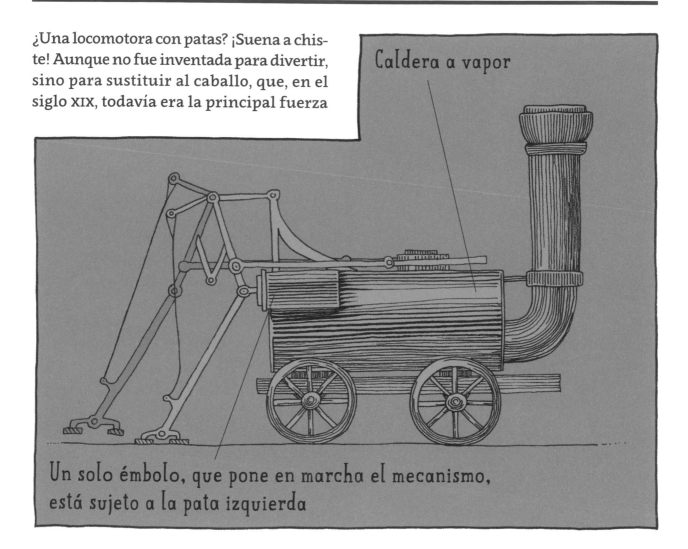

Caldera a vapor

Un solo émbolo, que pone en marcha el mecanismo, está sujeto a la pata izquierda

motriz de todo tipo de máquinas y vehículos. Sin embargo, debido a la guerra que tenía lugar en Europa, su coste de mantenimiento se había disparado: el precio del pasto que el ejército compraba para ~~cientos~~ de miles de sus caballos. William ~~...~~nton, ingeniero e inventor escocés, ~~...~~una idea sobre cómo se podía aho~~...~~ ~~...~~nstruyó una de las primeras lo-

comotoras de vapor. Y, más en concreto, dos enormes vehículos: el primero pesaba 2,5 toneladas y el otro, 5. Tenía la esperanza de que su invento sustituiría a miles de animales que trabajaban en las minas de carbón. Y probablemente todo habría salido según había planeado, si no fuera por un accidente que ocurrió en 1815. Durante la presentación de esta máquina, la cal-

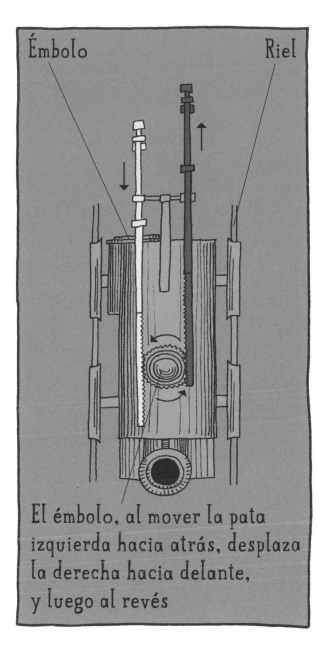

Émbolo

Riel

El émbolo, al mover la pata izquierda hacia atrás, desplaza la derecha hacia delante, y luego al revés

La pata estirada es más larga

La cuerda se tensa y levanta la pata

Cuerda floja

El émbolo se desplaza y mueve las patas

Las patas trabajan alternándose y todo el ciclo vuelve a repetirse

dera de hierro repleta del agua hirviendo explotó matando a muchos de los espectadores. Esta primera catástrofe ferroviaria de la historia terminó con la breve carrera de la original locomotora. Hoy, mecanismos parecidos se utilizan en robots y en máquinas andantes. A veces, las viejas ideas reviven después de muchos años en nuevos inventos.

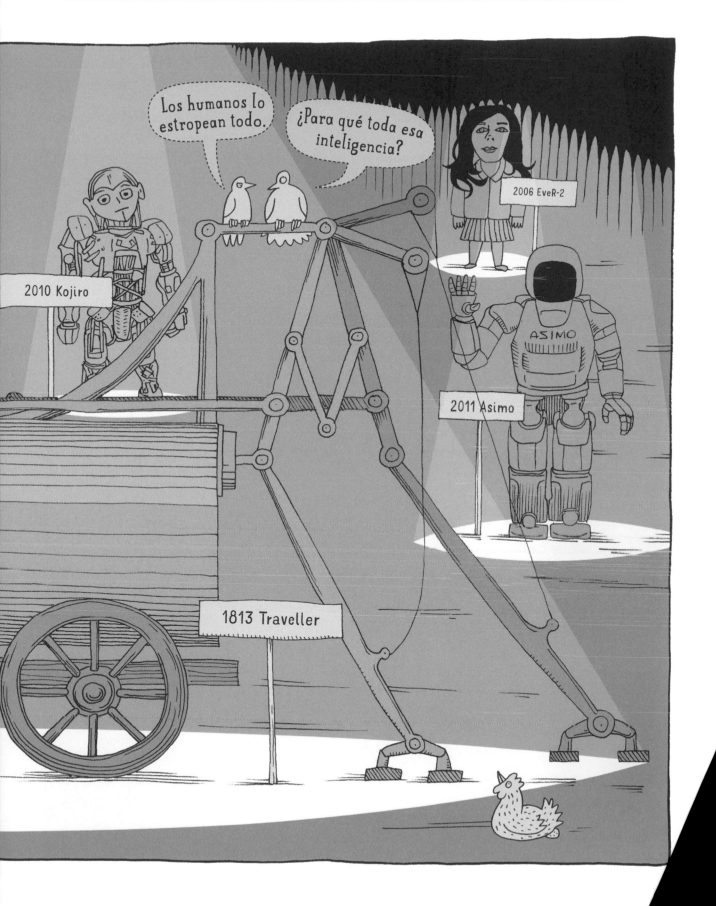

Propulsión magnética

Desde que, en 1783, el primer viaje en globo fue realizado por la selecta sociedad parisina representada por un cabrero, un pato y un gallo, toda Europa se volvió loca con los globos. Esos grandes aerostatos aparecieron también sobre muchas ciudades europeas. El problema consistía, sin embargo, en que no se sabía muy

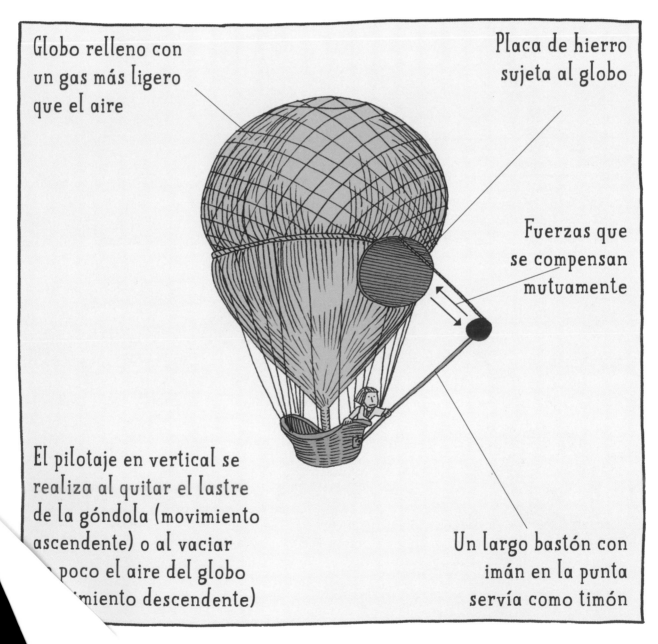

Globo relleno con un gas más ligero que el aire

Placa de hierro sujeta al globo

Fuerzas que se compensan mutuamente

El pilotaje en vertical se realiza al quitar el lastre de la góndola (movimiento ascendente) o al vaciar [un] poco el aire del globo [(movi]miento descendente)

Un largo bastón con imán en la punta servía como timón

bien cómo pilotarlos. Poco dependía del aeronauta, es decir, de quien iba en el globo, y mucho del viento, que ocasionaba que el destino probable fuese algún árbol grande o la torre de una iglesia. No es de extrañar que volar en ellos fuese considerado un entretenimiento costoso y peligroso. Todos se rompían la cabeza sobre cómo controlar el globo en el aire.

y envió su descripción a científicos de Berlín. Ellos, sin embargo, supusieron que su autor estaba más loco que una cabra. ¡Era como intentar tirar de un carro en el que al mismo tiempo se iba subido! Porque no solo el imán atrae la placa de hierro, sino que también la placa de hierro es atraída por el imán. Las fuerzas se compensan y no se produce ningún movi-

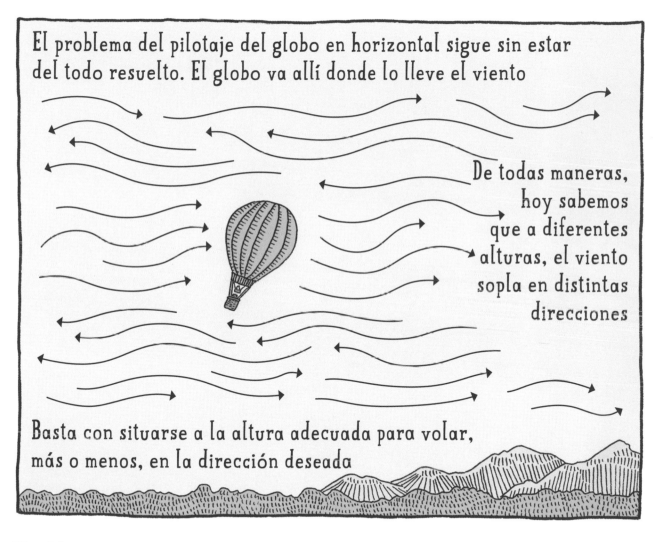

El problema del pilotaje del globo en horizontal sigue sin estar del todo resuelto. El globo va allí donde lo lleve el viento

De todas maneras, hoy sabemos que a diferentes alturas, el viento sopla en distintas direcciones

Basta con situarse a la altura adecuada para volar, más o menos, en la dirección deseada

Una idea que parecía prometedora fue la de Stanisław Trembecki, poeta y cortesano del rey polaco Stanisław August Poniatowski, que se encantó con el proyecto

miento. En su respuesta, los científicos aconsejaron que el poeta dejara su carrera de inventor y utilizara su prolífica imaginación solo para escribir poemas

Clasificadora de caramelos

Un telescopio viejo, un comedero para colibríes, unos boles de cerámica, un detector de colores y un poco de masa epóxica. ¿Qué se puede hacer con todo esto?

Telescopio

Comedero para colibríes

Boles

Masilla epóxica

Detector de colores

DETECTOR DE COLORES

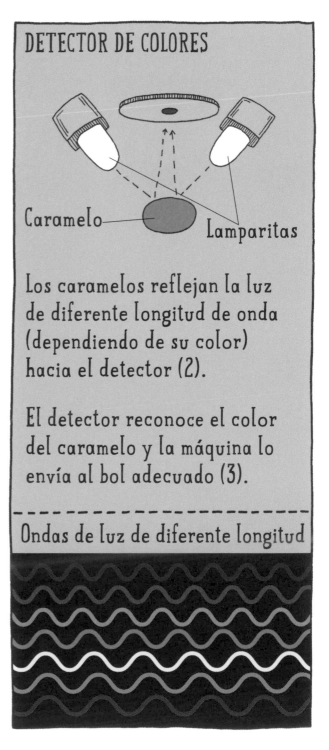

Caramelo

Lamparitas

Los caramelos reflejan la luz de diferente longitud de onda (dependiendo de su color) hacia el detector (2).

El detector reconoce el color del caramelo y la máquina lo envía al bol adecuado (3).

Ondas de luz de diferente longitud

Seguro que muchas cosas, pero el ingeniero y artista estadounidense Brian Egenriether consiguió en pocos días construir con esto una máquina clasificadora de ca-

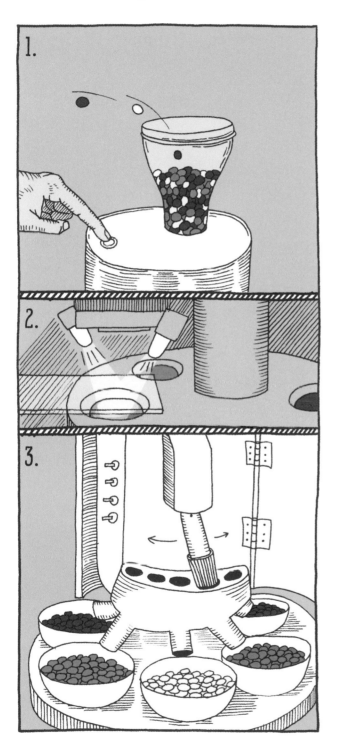

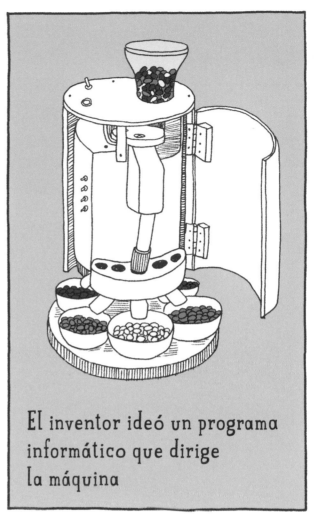

El inventor ideó un programa informático que dirige la máquina

ramelos de acuerdo a sus colores. La mayor parte de las piezas las construyó con masilla epóxica que, cuando se endurece, se vuelve muy resistente. El mecanismo que reconoce los colores y clasifica los caramelos se basa en elementos de un telescopio viejo y un detector de colores barato y fácilmente accesible. Las demás piezas –los boles, el soporte de madera, el mango metálico, las bisagras, los tornillos y una parte del comedero para colibríes que tiene forma de embudo–, el inventor las encontró en su casa, en un cajón de su cocina.

102

Automóvil de vapor

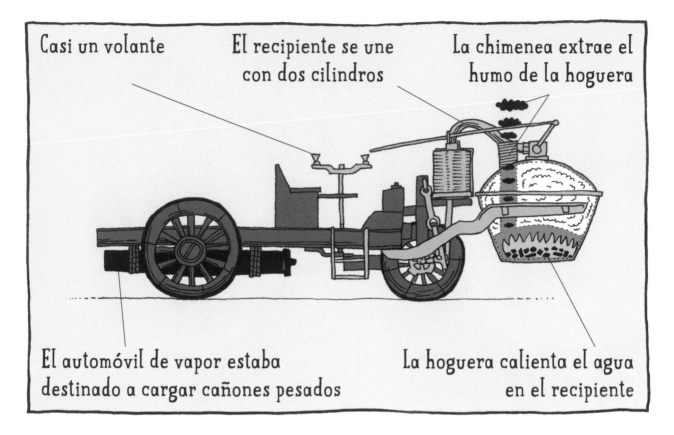

Casi un volante

El recipiente se une con dos cilindros

La chimenea extrae el humo de la hoguera

El automóvil de vapor estaba destinado a cargar cañones pesados

La hoguera calienta el agua en el recipiente

Una rareza sobre tres ruedas con una caldera gigante delante. No, no es un vehículo de reparto de sopa. Es un tatarabuelo del automóvil actual. Lo construyó Nicolas Josep Cugnot, un inventor francés. Lamentablemente, el carro resultó muy poco práctico. Cada cuarto de hora había que pararlo y encender de nuevo el fuego para poder seguir avanzando. Además, marchaba a la velocidad de una persona caminando. Y no necesariamente hacia donde quería ir el conductor. El sistema de mando estaba muy poco desarrollado, por lo que girar era muy difícil.

En su presentación a principios del año 1771 con la presencia de uno de los ministros del rey Luis xv, el constructor perdió el control del vehículo y causó el primer accidente automovilístico de la historia: ante los ojos de los aterrorizados cortesanos y mirones ¡chocó contra un muro! El asustado ministro renunció a seguir financiando los trabajos sobre el invento. Sin embargo, el propio rey apreciaba a Cugnot y le otorgó una pensión vitalicia. La máquina se conserva y puede verse en el Conservatorio Nacional de Artes y Oficios de París.

El vapor pasa del recipiente al cilindro derecho o izquierdo y empuja el émbolo que se encuentra en el interior

Regulación del flujo de vapor

El vapor sale del cilindro

Los émbolos están conectados. El que recibe la presión del vapor se mueve hacia abajo y desplaza el otro hacia arriba

Rueda dentada

El émbolo contrario tira del mecanismo hacia arriba

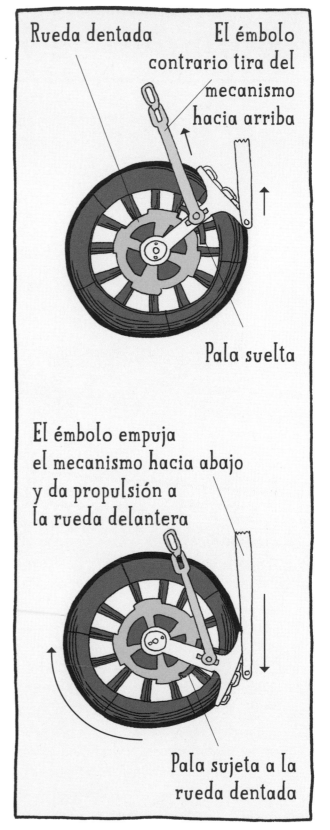

Pala suelta

El émbolo empuja el mecanismo hacia abajo y da propulsión a la rueda delantera

Pala sujeta a la rueda dentada

Batidor de récords alado

Hoy sabemos que usando solo la fuerza de los brazos, con unas alas enganchadas a ellos, no es posible volar como un pájaro. El ser humano pesa mucho y no es lo suficientemente fuerte. Sin embargo, las computadoras cada vez pueden hacer más cosas. ¿Pero qué tiene que ver una cosa con la otra? Pues que la informática permite

Otro ornitóptero está descrito en la página 76

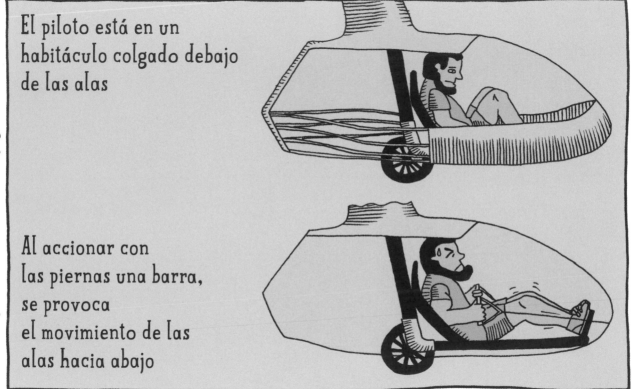

El piloto está en un habitáculo colgado debajo de las alas

Al accionar con las piernas una barra, se provoca el movimiento de las alas hacia abajo

Las alas se mueven solas hacia arriba y vuelven a su posición original.
Las alas giran durante el movimiento.
El ángulo preciso hace que se mueva hacia arriba y hacia delante.

32 metros de amplitud

Hacia arriba

Hacia abajo

calcular cuánta fuerza se necesita para elevarse en el aire. Ayuda a establecer también la forma y el tamaño ideal de las alas. Gracias a ello, se ahorra tiempo y dinero que antes se usaban en la construcción y el perfeccionamiento de nuevas versiones de máquinas voladoras. Unos jóvenes científicos de la Universidad de Toronto realizaron complicadas medi-

ciones que les sirvieron para construir un ornitóptero moderno. Lo llamaron Snowbird, es decir «Pájaro de nieve». Snowbird consiguió volar durante 20 segundos. Voló 145 metros a 25 kilómetros por hora estableciendo un nuevo récord en la categoría de vuelos con naves aéreas con propulsión humana. Luego acabó en el Museo de Aviación de Ottawa: allí puede visitarse.

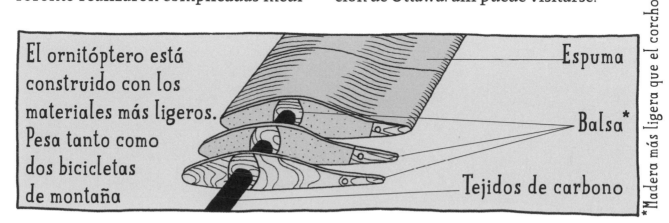

El ornitóptero está construido con los materiales más ligeros. Pesa tanto como dos bicicletas de montaña

Espuma

Balsa*

Tejidos de carbono

*Madera más ligera que el corcho

Para que el ornitóptero pueda elevarse del suelo, hay que arrastrarlo con una cuerda como a una gran cometa

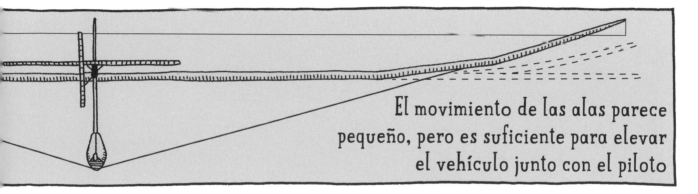

El movimiento de las alas parece pequeño, pero es suficiente para elevar el vehículo junto con el piloto

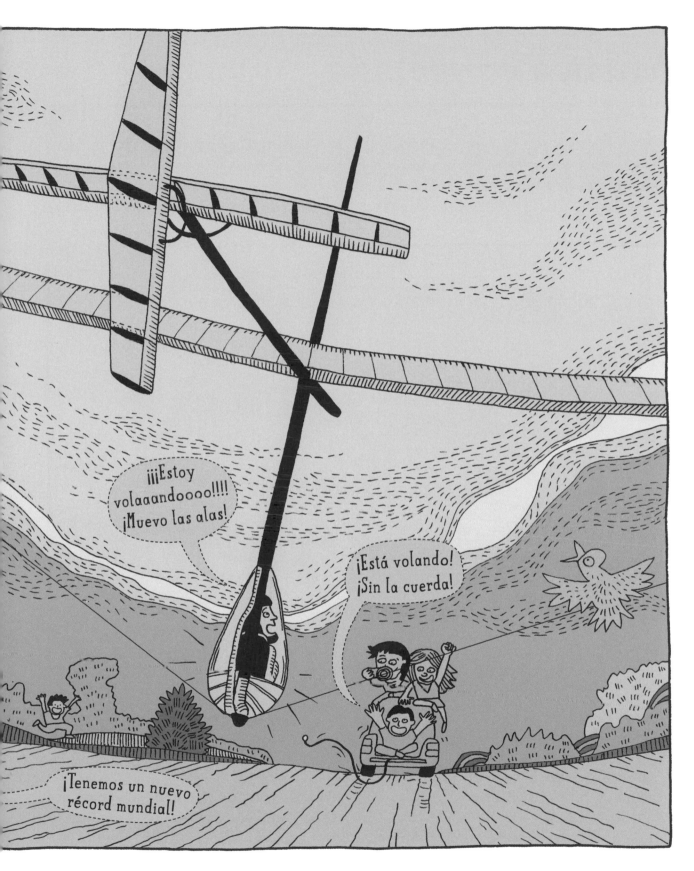

Música congelada

El tocadiscos se ha convertido en una antigüedad, pero sigue teniendo fans incondicionales que prefieren los chasquidos de los viejos LP de vinilo a los CD o se está congelando un disco apto para ser escuchado una sola vez. Esta rareza fue inventada por los diseñadores de una agencia de publicidad sueca, conocida

Disco con el negativo impreso con la melodía

Molde de silicona

El equipo para crear discos de hielo fue creado para promocionar la canción titulada «Blue Ice», es decir, «Hielo azul»

La canción formaba parte de un nuevo álbum del grupo Shout Out Louds

Agua destilada, limpia de sales minerales y otras sustancias contaminantes

a los archivos bajados de Internet. Ahora también puedes escoger tu música favorita no solo de la estantería, sino también del… ¡congelador! Dentro, en un molde, por sus originales ideas. El disco contiene una sola canción y se debe escuchar antes de que el hielo comience a derretirse, principal fallo del invento. ¿Ventajas?

1. Echa el agua en el molde.

El uso del agua destilada previene la aparición de burbujas de aire.

2. Mételo en el congelador.

A un amigo le puedes prestar solo el molde sin riesgo de que raye el disco. Por otra parte, cada vez que escuchas la música, lo haces en un disco nuevo.

3. Sácalo pasadas cuatro horas.

4. Quita el molde con cuidado.

5. Desengancha del hielo el disco con el negativo y ¡listo!

El disco de hielo puede ser reproducido en un tocadiscos tradicional.

115

Base lunar impresa

¿CÓMO FUNCIONA LA IMPRESORA CÓSMICA 3D?

1. Dibujo realizado con un molde especial.

3. Al poner las nuevas capas, se crea una forma en tres dimensiones.

2. El molde está cubierto con una capa de polvo lunar.

4. Al final, se retira el polvo sobrante.

Todo apunta a que pronto podremos construir las casas con ayuda de... una impresora. ¡Y no solo en la Tierra, sino también en la Luna! Trabajan en ello ingenieros del estudio arquitectónico londinense Foster + Partners y de la Agencia Espacial Europea. Quieren construir una pequeña base en la cara de la Luna

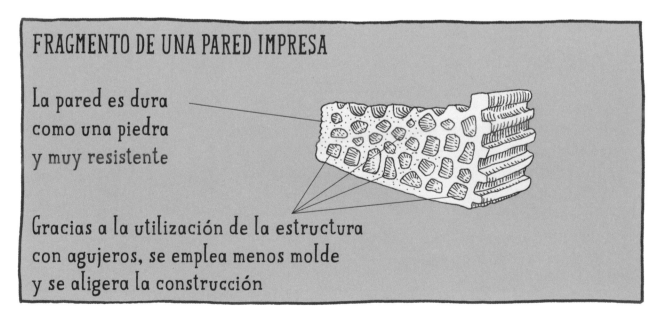

FRAGMENTO DE UNA PARED IMPRESA

La pared es dura como una piedra y muy resistente

Gracias a la utilización de la estructura con agujeros, se emplea menos molde y se aligera la construcción

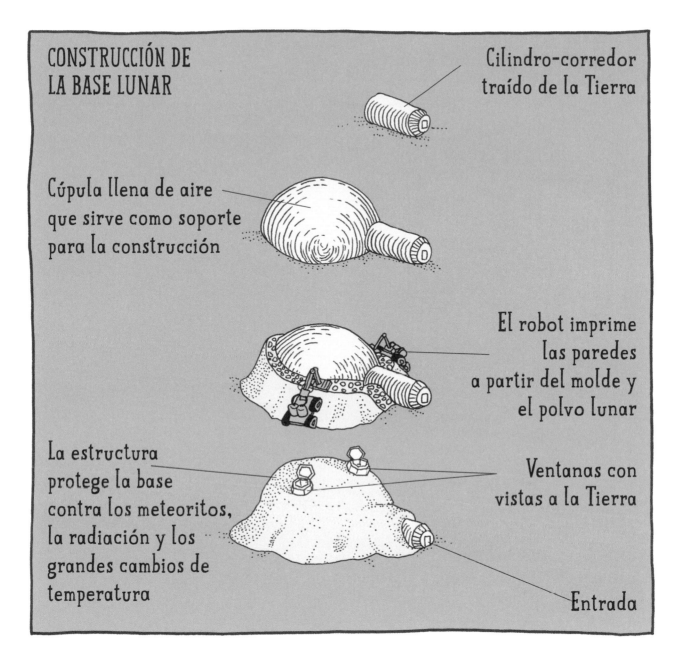

CONSTRUCCIÓN DE LA BASE LUNAR

Cilindro-corredor traído de la Tierra

Cúpula llena de aire que sirve como soporte para la construcción

El robot imprime las paredes a partir del molde y el polvo lunar

La estructura protege la base contra los meteoritos, la radiación y los grandes cambios de temperatura

Ventanas con vistas a la Tierra

Entrada

iluminada por el Sol. Pretenden utilizar para ello una impresora 3D. Pero, ¿tiene sentido? ¡Pues sí! Sobre todo porque para la construcción se utilizarán minerales de la propia Luna; con lo que no hay que llevarlos desde la Tierra, lo que resultaría muy costoso. Además, gran parte del trabajo será realizado por esta máquina con la participación de pocas personas. Esto es importante porque allí no hay aire para respirar, y además, de día hace un calor inimaginable y de noche, hiela. Pero, entonces, ¿para qué construir bases en la Luna? ¿A alguien le gustaría vivir allí? ¡Por supuesto! ¡Los astrónomos ya no aguantan más la espera! Porque es un sitio ideal para llevar a cabo investigaciones sobre el cosmos.

ÍNDICE

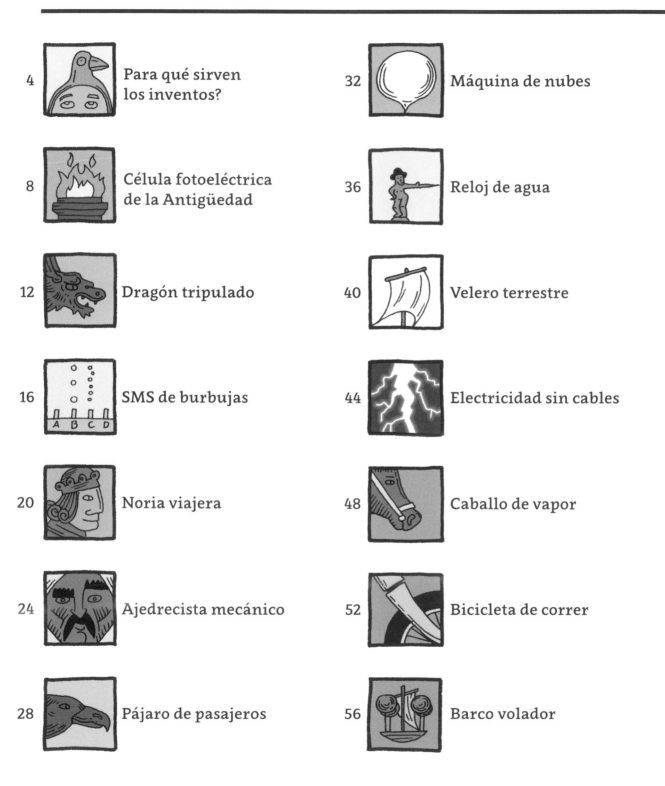

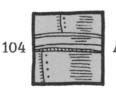
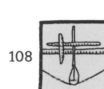
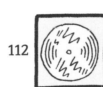

Texto: Małgorzata Mycielska
Diseño: Aleksandra Mizielińska y Daniel Mizieliński
Traducción: Olga Glondys

Primera edición, 2016

Av. Luis Roche, Edif. Banco del Libro, Altamira Sur. Caracas 1060, Venezuela

C/ Sant Agustí, 6, bajos. 08012 Barcelona, España

www.ekare.com

Publicado por primera vez en polaco en 2014 por Dwie Siostry, Varsovia
Título original: *Ale Patent!*

ISBN 978-84-944988-5-5 · Depósito Legal B.13581.2016

Tipografías usadas en este libro: Clavo, Mr Lucky y Mr Dodo
Impreso en papel Alto Ivory 130 g.

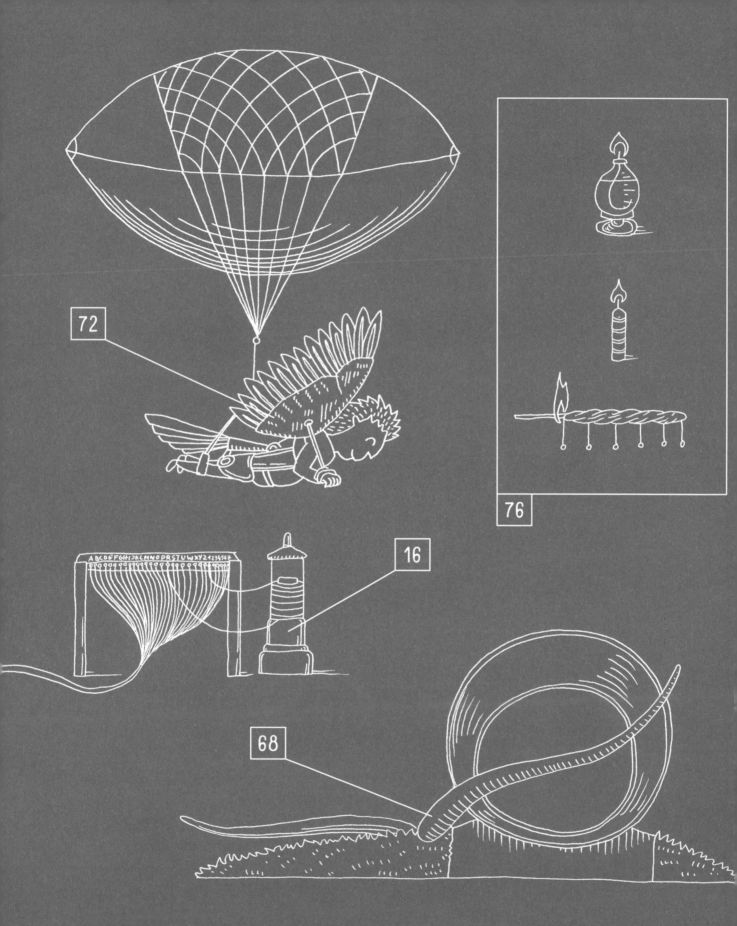